LES VACANCES D'UN SERIAL KILLER

DU MÊME AUTEUR

Le Bal du diable, La Musardine, 2010
J'aime pas les bisous, Mijade, 2010
Coco givrée, Belfond, 2010
Tequila frappée, Belfond, 2009
Les Fleurs brûlées, Mijade, 2009
Le Bar crade de Kaskouille, La Branche, 2009
Contes cruels, Éditions Blanche, 2008
Nickel Blues, Belfond, 2008
Contes pour petites filles criminelles, Tabou Éditions, 2008
Babylone Dream, Belfond, 2007 (prix Polar 2007, Salon Polar
    & co de Cognac)
Peau de papier, L'Arganier, 2005
Contes pour petites filles perverses, La Musardine, 2005
Monsieur Émile, « Série noire », Gallimard, 2002
Les Miroirs secrets de Bruges, Hors Commerce, 2002
Le Commissaire Léon, en dix volumes, Éditions Vauvenargues :
    Le Cabaret des assassins, 2002
    Bonjour chez vous !, 2002
    Les Jouets du diable, 2001
    Les Bonbons de Bruxelles, 2001
    Le Fantôme de Fellini, 2001
    Clair de lune à Montmartre, 2000
    Le Silence des canaux, 2000
    Il neige en enfer, 2000
    La Nuit des coquelicots, 1999
    Madame Édouard, 1999
Rouge fou, Flammarion, 1997
Une petite douceur meurtrière, « Série noire », Gallimard,
    1995

Vous pouvez consulter le site de l'auteur à l'adresse suivante :
www.nadinemonfils.com

NADINE MONFILS

LES VACANCES
D'UN SERIAL KILLER

belfond
12, avenue d'Italie
75013 Paris

Si vous souhaitez recevoir notre catalogue
et être tenu au courant de nos publications,
vous pouvez consulter notre site internet :
www.belfond.fr
ou envoyer vos nom et adresse,
en citant ce livre,
aux Éditions Belfond,
12, avenue d'Italie, 75013 Paris.
Et, pour le Canada,
à Interforum Canada Inc.,
1055, bd René-Lévesque-Est,
Bureau 1100,
Montréal, Québec, H2L 4S5.

ISBN 978-2-7144-5002-9

© Belfond, un département de , 2011.

À Annie Cordy, que j'adore, et qui va devoir regarder la signification du mot « vacances » dans le dictionnaire…

Et à sa nièce Mimi.

« *Non, mais laissez-moi manger ma banane, tout nu sur la plage.* »

Philippe KATERINE

1

Le grand jour est arrivé ! Ceux qui ont du pognon vont à la Costa del Sol s'enduire de crème solaire et pavaner sur la *playa* en sirotant des punchs. Les autres se rendent à la mer du Nord où il pleut trois jours sur quatre, et encore, c'est quand t'as du bol.

La famille Destrooper est sur le départ. Le père, Alfonse – surnommé Fonske –, est en tenue de combat, chemise à fleurs et short kaki, prêt à partir traquer les lions dans la pampa. Sauf qu'à Blankenberge, il va avoir du mal à en trouver, des lions. Son fils et sa fille, deux glandeurs fumeurs de pétards, sont déjà installés à l'arrière de la voiture. Steven, l'aîné, doit son prénom à Steven Seagal, l'idole de sa mère, Josette Destrooper, qui connaît tous ses films par cœur. Il a enfilé sa parka, un short destroy, et a vissé son casque de moto sur sa tête. Il n'a pas de mob, mais son casque, il ne le quitte jamais. Lourdes – comme le prénom de la fille de Madonna que Josette a pêché dans *Voici*, son magazine préféré – porte un jean troué et un T-shirt avachi. Un walkman orné de pompons roses sur ses oreilles, elle écoute la Cool Connexion. Des as du Hip-Hop. Le père, lui, préfère les chansons à texte de Sheila. Il possède tous ses disques. L'ancienne nénette à couettes et à jupette vichy le fait bander depuis des lustres. À part Sheila,

Alfonse a une grande passion : le tuning. Sa bagnole, c'est sa vie, et il y consacre le plus clair de son temps. L'engin est d'un kitsch absolu, avec ses jantes dorées, son volant en peau de zèbre, ses sièges recouverts de housses tigrées, et surtout sa sono à vous défoncer les tympans.

Derrière la bagnole est attachée la caravane Wa-Wa, devenue elle aussi une pièce de collection. Comme la mémé qui est à l'intérieur. Une teigne, celle-là ! Et qui, en prime, a des goûts à vous faire gerber. Elle a même accroché des géraniums en plastique aux fenêtres pour faire plus coquet. Alfonse a l'impression de trimbaler un potager au cul de sa cage.

Il commence à s'impatienter. Ça fait un quart d'heure qu'il mâchouille son cure-dents et sa femme n'a toujours pas pointé son nez. Chaque année, c'est pareil. Faut qu'elle prenne tous ses chichis et ses fanfreluches de grand bazar. Des heures qu'elle met pour se pomponner ! Et je te tartine de l'eye-liner autour des yeux, et je te plaque une couche de rouge à lèvres pour être sexy. Alors que pour aller à la mer t'as juste besoin d'un maillot.

Alfonse se met soudain à klaxonner comme un dératé sur l'air de *La Danse des canards*, ce qui a le don d'énerver un max son connard de voisin, un emmerdeur du style à scier son bois la nuit.

— C'est pas vrai ! Qu'est-ce qu'elle fiche, votre mère ?

Josette finit par débarquer avec son gros sac de plage, un immense chapeau de paille sur la cafetière. Madame s'installe en claquant la portière. Son mari la regarde, ébahi, tandis que le moteur tourne à toute berzingue.

— Où tu vas comme ça ?

— Ben à la mer, tiens ! dit-elle en se retournant vers ses mômes.

Et crac ! Elle écrase l'œil droit de son mec avec le bord de son chapeau. Alfonse se met à gémir.

— On va aller ramasser des coquillages sur la plage…, susurre-t-elle.

Les deux glandus derrière n'ont pas l'air de se réjouir !

— Tu ne peux pas enlever ce lampadaire de ta tête ? C'est dangereux quand on conduit.

— C'est un cadeau de mes enfants ! répond fièrement Josette.

Sourire angélique des ados. Le père leur lance un regard noir dans le rétroviseur.

— Déjà que cette satanée caravane risque de niquer mes nouvelles jantes… Elle pouvait pas rester ici, ta mère ? grogne Alfonse.

— La seule année où elle ne nous a pas accompagnés en vacances elle a ouvert la porte à des cambrioleurs… Tu ne t'en souviens pas, Fonske ?

— Tu plaisantes ? Et en plus elle leur a servi à boire ! Ma meilleure bouteille de pékèt[1]…

— Ben tu vois ! Vaut mieux l'emmener avec nous.

— Pas sûr. Elle va nous porter la poisse, je l'sens.

— Mais non ! Positive, Chou. J'ai fait brûler une bougie en priant sainte Rita pour que nos vacances se passent bien.

— Alors tout baigne.

Au moment où la voiture démarre, Steven attache les lanières de son casque et se terre au fond du siège.

— Quand même, Steve, t'es ridicule avec ce casque sur ta tête ! s'esclaffe Alfonse.

— Mais laisse-le ! Qu'est-ce que ça peut te faire ?

— Ça me fait que j'ai l'impression de partir avec des gogols ! Toi avec ton entonnoir sur ta permanente, les deux mouflets avec un casque et des pompons sur les écoutilles ! Sans parler de la vieille dans sa casbah à roulettes. A-t-on idée de mettre des pots de fleurs aux fenêtres !

---

1. *Pékèt* : genièvre. Alcool à base de grains de blé maltés

13

— C'est normal, c'est sa maison. D'ailleurs, ça t'arrange bien qu'elle n'habite pas avec nous dans le bungalow.

— Tu parles ! Elle n'y va que pour roupiller, dans sa caravane. Le reste du temps elle squatte mon canapé, et en plus faut mettre ses programmes à la télé sous prétexte que son poste est plus petit et que Madame ne voit plus très clair. Mais pour compter ses sous, ça, elle n'a pas perdu la vue ! Essaie seulement de la flouer d'un centime…

— Tu ne vas pas commencer à râler sur ma mère alors qu'on est en vacances !

— T'as raison, Bibiche… Mais quand même, elle mange tous les jours sur notre compte. Tu crois qu'elle nous emmènerait une seule fois bouffer au resto ?

— Elle nous a invités pour son anniversaire. Tu ne te souviens pas ?

— Si, ce fut inoubliable, d'ailleurs ! Un cornet de frites plein de pickles au *fritkot*[1] en face de la gare. Tu parles d'un palace…

— Ça fait grossir d'aller au resto.

— C'est ça ! Vas-y ! Défends ta bique de mère…

— Mais tu me casses les pieds à la fin ! s'énerve Josette. Continue, et je rentre à la maison…

— Comment ? En stop ?

— Oui, en stop.

— Personne ne te chargera avec ce chapeau ridicule. Y vont avoir peur.

— Quoi ? hurle sa dulcinée, furax, qui se tourne brusquement vers son mari et lui envoie de nouveau le bord de son chapeau dans l'œil.

Surpris, Alfonse a un mouvement brusque. La voiture fait une embardée et termine sa course sur le bas-côté.

---

1. *Fritkot* : friterie.

Josette est projetée en avant et se retrouve avec son abat-jour enfoncé sur la tête. Elle a la lèvre fendue, du sang pisse sur les pâquerettes de sa robe qui se transforment en coquelicots. Fumasse, Alfonse ne se soucie que de sa caisse, son joyau, sa fierté ! D'un bond, il sort de sa bagnole et l'examine méticuleusement en jurant ses tripes.

— Putain de putain de putain !

— Chauffard ! s'écrie la mémé par la fenêtre.

— Oh, vous, la ferme, hein ! gueule son beau-fils hors de lui.

Secouée, la vieille décide de s'en jeter un petit coup derrière le lampion, histoire de se remettre de ses émotions.

— Oh, nooon, gémit Josette en se regardant dans le rétroviseur, je suis toute défigurée et ma robe est foutue !

— A-t-on idée de porter des engins pareils ! Je te jure que s'il y a une griffe sur ma cage je te largue là avec ta marmaille de feignants.

Derrière, Lourdes se réveille.

— Zut, qu'est-ce qui se passe ?

— J'ai bien fait d'attacher mon casque, grogne le frangin.

Une tête hirsute surgit de la fenêtre de la caravane. Steven s'empresse de sortir sa caméra pour filmer sa mémé qui s'époumone.

— C'est quoi, ce bazar ?

Puis il braque la caméra vers sa frangine, qui mime le clap avec ses mains :

« Départ en vacances. C'est la cata ! »

2

Tandis que son rejeton braque sa caméra sur lui, le père rassure sa belle-mère :

— C'est rien, mémé. Continuez à dormir, tout va bien, ma carrosserie n'est pas rayée.

— Comment ça, tout va bien ? s'étonne la vieille. Toutes mes bouteilles sont renversées. Du bon vin que j'ai emporté pour fêter la mort de mon mari.

— Et moi je pisse le sang, gémit Josette, mais tout le monde s'en fout. Je peux crever la gueule ouverte et...

— Toi, ferme-la ! hurle Alfonse, tu as failli niquer ma cage avec tes conneries.

Josette tente de calmer son mari :

— Elle a rien, alors n'en fais pas un fromage et remonte dans la bagnole.

— OK, seulement si tu enlèves ton couvercle de poubelle de ta tête.

— Ça, pas question ! s'insurge sa femme en pressant un mouchoir sur sa lèvre tuméfiée. Et ma permanente, tu y penses ?

— Je ne pense qu'à ça, raille Alfonse.

Il met les gaz, zizique à fond avec le grand Jojo qui chante *Jules César*, et démarre sur les chapeaux de roue.

17

Une fois bien lancé, il attrape la parure encombrante de sa moitié et la balance sur le bitume par la vitre ouverte.

Josette pousse des cris de goret.

— Je vais avoir l'air d'un *mob*[1] avec mes cheveux en pétard, gémit-elle.

— Entre le mob et le lampadaire, c'est kif-kif, rétorque Alfonse. Au fait, ta mère a bien parlé de pinard, non ? La salope, je suis sûr qu'elle a piqué des bouteilles dans notre cave !

— Mais non…

— Je suis sûr que si, je te dis. Et d'abord, c'est quoi cette histoire de fiesta pour célébrer la mort du grand-père ?

— Tu sais bien qu'elle est contente qu'il soit parti. Depuis, elle se sent tellement libre !

— Moi, je crois que c'est plutôt lui qui est ravi d'être là-haut. Au moins, il n'a plus à supporter cette punaise.

— Fonske ! Parle pas comme ça de ma mère ! Et devant les enfants en plus.

— Toute façon, y n'entendent rien. Sont autistes. Hein, les *barakis*[2] ? crie-t-il aux ados, qui ont de nouveau les écouteurs vissés dans les tympans.

— Quand même, lui reproche Josette, tu aurais pu balancer ma capeline sur la plage arrière…

— Non, y a Billy.

Billy, c'est un chien en plastique avec la tête qui bouge. Un clébard de pacotille qui fait bonjour à tous les péquenots et auquel Alfonse tient comme à la prunelle de ses yeux. C'est le seul souvenir qui lui reste de son oncle Roger. Une merveille qu'il a gagnée à la foire du Midi[3].

---

1. *Mob* : une brosse pour faire les coins.
2. *Baraki* : forain. Par extension, un clodo qui vit dans une baraque.
3. La plus grosse fête foraine de Bruxelles.

Soudain, au feu rouge, un motard s'arrête à la hauteur de la bagnole, il tend le bras, pique le sac que Josette tient sur ses genoux, avant de filer en trombe. Interloquée, elle se met à pousser des hurlements, mais le voleur s'est faufilé entre les voitures et il est déjà loin.

— Mon beau sac de Knokke-le-Zoute, gémit Josette.

— T'avais qu'à pas laisser ta fenêtre ouverte, lui reproche Alfonse.

— Tu ne voudrais quand même pas qu'on s'enferme dans cette cage avec cette chaleur ! Allez, fonce, c'est vert ! On va peut-être le rattraper. Mets le turbo !

— Toute façon, on ne le retrouvera pas.

— Toujours aussi optimiste, je vois, raille son épouse.

— Tu crois quoi ? Qu'il va nous attendre au coin de la route ? Heureusement que j'ai mis le pognon dans mon portefeuille, dit-il en tâtant la poche droite de sa chemise à fleurs.

— Non. Il n'y est plus…

— Quoi ? éructe son mari. Me dis pas que…

— Ben si. Je trouvais plus prudent de le cacher dans mon sac.

Alfonse stoppe net. Il a l'impression d'étouffer. Tout l'argent des vacances envolé !

— Y a plus qu'à rentrer, fulmine-t-il.

— T'as réglé la pension ?

— Une partie. Fallait payer des arrhes ou alors ils ne nous gardaient pas les chambres. Paraît qu'il y a beaucoup de touristes qui font la file pour les avoir. Au fait, ma carte bleue, s'étrangle-t-il. J'espère que…

— Ah ben non, j'ai pas pensé à la planquer avec les billets !

— Encore une chance !

— Alors on part, décrète Josette. Et puis ma mère a emporté ses économies, elle nous aidera.

— M'étonnerait… Radine comme elle est !

— C'est parce que tu ne sais pas la prendre. À moi elle ne refusera pas. Je suis sa fille !

Guère convaincu de la générosité de sa belle-mère, Alfonse opte malgré tout pour l'appel du grand large. Derrière, les ados restent impassibles. Pour eux, les vacances avec les vieux c'est plus une corvée qu'autre chose. Quant à la mémé elle n'a rien vu ni rien entendu, tout va pour le mieux dans le meilleur des mondes.

— T'avais quoi d'autre dans ce sac ? s'inquiète Alfonse.

— Du *brol*[1].

— Mais qu'est-ce que t'avais besoin d'aller prendre mon pognon dans mon portefeuille, hein ? De quoi j'me mêle ?

— Je croyais bien faire.

— Ah, ben quand on voit ce que ça donne ! En tout cas, si je retrouve cet enfoiré, je lui troue la peau !

— Calme-toi.

— On voit bien que c'est pas toi qui turbines pour ramener le fric à la maison !

— Et qui aurait élevé tes enfants, hein ? s'énerve Josette.

— Maintenant ils sont grands. Tu pourrais d'ailleurs me filer un coup de main dans l'entreprise.

— Pas question, ils ont encore besoin de moi, décrète leur mère.

— Tu parles ! Tu vas les langer jusqu'à quand ? Et toi, arrête avec cet engin, s'énerve-t-il en voyant son fils qui le filme. J'ai horreur de ça, tu le sais bien ! Moi, à ton âge, j'étais habillé correctement et je bossais. J'avais pas peur de mettre la main à la pâte. Conclusion…

----

1. *Brol* : bordel, bazar.

— Tu es devenu le roi des boulettes sauce lapin[1] ! le coupent en chœur les ados.

Alfonse se renfrogne.

— Oui. Et j'en suis fier ! C'est pas donné à tout le monde d'avoir sa marque de surgelés. Et avec ma photo sur les boîtes, en plus ! Alors que vous deux, vous n'en fichez pas une rame.

— Si. Le petit tourne des films. Il veut devenir réalisateur. Hein, mon chéri ?

— Ah, ah, laissez-moi rire ! se moque le père. Monsieur se prend pour Chipelberg maintenant.

— Spielberg, rectifie Lourdes.

— C'est ce que j'ai dit ! En attendant, si j'étais pas là pour vous payer à manger, vous feriez quoi ?

— Des casses, lâche sa gamine.

— Qu'est-ce qu'elle a dit, là ?

— Elle a dit des castings, explique Josette. Tu sais bien qu'elle veut devenir actrice...

— Ben voyons ! Manquait plus que ça. Chipelberg et Sharon Stone ! Voilà ce que c'est de leur avoir donné des prénoms ridicules. Aujourd'hui, tout le monde veut devenir acteur et travailler dans le cinéma. C'est des conneries tout ça ! Faut un peu arrêter de rêver et garder les pieds sur terre. Vous allez reprendre la succession de mon entreprise de boulettes surgelées, et basta.

— J'suis végétarienne, ronchonne Lourdes.

— C'est ça, mange de l'herbe comme les vaches, grogne son père.

— C'est sûr que faire du cinéma c'est plus amusant que de vendre des boulettes, admet leur mère.

— Tu vas pas t'y mettre, toi aussi ?

---

1. Ou « boulets », spécialité liégeoise. Boulettes de viande avec du sirop de Liège (à base de poire). Se mangent avec des frites. Un délice !

— Y tiennent ça de moi. J'ai fait du théâtre quand j'étais à l'école. J'ai joué dans *Le Petit Chaperon rouge*.

— Tu ne nous avais jamais dit ça, s'étonne sa fille, amusée. Tu tenais le rôle du Chaperon rouge ?

— Non. Du loup. On m'avait mis une pelisse. Quand je faisais « Wouh ! Wouh ! », tout le monde hurlait dans la salle. Un triomphe !

— Madame se prend pour une starlette, maintenant ! Moi aussi je peux faire peur à tout le monde si on me met une peau de bête sur le dos.

— Même sans !

Les ados se marrent.

— C'est ça, foutez-vous de ma tronche en plus.

Alfonse pousse le volume à fond pour ne plus entendre leurs conneries. Du rock des années soixante qui lui donne la patate. Puis il accélère, passe sur un dos-d'âne, sans se rendre compte que la caravane de la mémé s'est détachée de la voiture…

3

Émergeant lentement de son trip au pays des merveilles, mémé Cornemuse, surnommée ainsi parce qu'elle a un faible pour les Écossais – ça la fait fantasmer qu'ils ne portent pas de culotte –, ouvre un œil et contemple le désastre en gémissant. Tout s'est écroulé autour d'elle. Alors qu'elle tente de se redresser péniblement, une statue en plastique de la Vierge glisse de l'étagère et lui tombe sur les genoux. La vieille soupire et se dégage de tout ce fatras.

— C'est quoi ce bordel ? Quel sauvage ! Comment ma fille a-t-elle pu épouser ce gros nul ? Alors qu'elle aurait pu avoir le fils du café de la gare. Une affaire en or !

Elle se lève, passe sa tête à la fenêtre et crie :

— Hé, Steve, j'espère que tu as filmé ! Parce que cette fois-ci, ça valait le coup...

C'est là qu'elle se rend compte avec effroi que la voiture a disparu !

Toujours emporté par son élan musical, *on the road again*, Alfonse bifurque vers le parking d'une sortie d'autoroute et se gare devant la cafétéria. Pour se remettre de leurs émotions, il propose à la smala d'aller se dégourdir les jambes pendant que lui ira s'enfiler une bonne bière.

— J'ai mon thermos, annonce Josette, triomphante. Il est rempli de limonade bien fraîche.

— Nous on va à la cafét', décide Lourdes.

— Pourquoi vous voulez dépenser des sous alors que maman a son thermos ?

— On a envie de coca.

— Pff ! soupire leur père, c'est une boisson de...

— Pédé. On sait. Tu viens, Steve ?

Lourdes et son frangin se dirigent tous les deux vers le restoroute, suivis de leur père, qui est d'une humeur de chien.

— Quand même, grogne Steven à sa sœur, ça fait chier de penser qu'un crétin va profiter de tout notre pognon.

— Il ne l'emportera pas au paradis.

— Arrête de croire à ces conneries. Y a rien là-haut. À part E.T.

— Moi, ça m'aide à garder le moral de croire aux anges. Parce que j'ai autant les boules que toi !

— Hé, j'ai une idée...

— Qu'est-ce que t'as en tête ? Moi je veux boire un coup et faire le plein de chips, j'ai la dalle, chuchote Lourdes à son frangin.

— OK. Dès que le père est sorti des waters, tu me suis !

— Et après ?

— Après, nous aussi on y va.

Alfonse réapparaît quelques minutes plus tard. Il se dirige illico vers le rayon des boissons, saisit plusieurs canettes et passe à la caisse. Visiblement, il a besoin de se remonter le moral !

Ni une ni deux, les ados foncent vers les sanitaires. Pas de temps à perdre ! Là, Steven pénètre chez les hommes pendant que Lourdes fait le guet à l'extérieur. Il entre dans une cabine et pose discrètement sa caméra sur le sol, les parois latérales n'allant pas jusqu'à terre. À moins de se mettre à plat ventre, ce qui n'est pas évident, Steven ne voit rien. Il aura la surprise plus tard ! Après quelques secondes, il place sa caméra de l'autre côté, et rebelote ! Il tire la chasse et sort des toilettes en planquant son engin sous son blouson. Au moment où il rejoint sa sœur, quelqu'un le bouscule et la caméra tombe sur le carrelage !

— Hé, ducon, s'écrie Steven, pourriez faire attention quand même !

Il ramasse son appareil, se relève, et constate que le « ducon » est un malabar à l'air mauvais. Lunettes noires et santiags en peau de vache d'un goût douteux. Le type le toise, prêt à mordre.

— Ça va, fait Steven, j'crois qu'elle a rien.

— Fallait pas vous mettre sur mon chemin.

— OK, on va pas en faire un fromage ! C'est bon.

Et le gars s'en va sans demander son reste.

— T'as vu ? fait-il à sa frangine, il a eu les chocottes !

— C'est sûr…

— Allez, j'ai hâte d'aller mater ça dans la bagnole.

Le paternel est toujours à la caisse, en train de payer ses consommations. Ils décident de ne pas l'attendre et se dirigent vers la voiture, impatients de visionner le film. Soudain, ils stoppent net en s'apercevant que la caravane n'est plus là !

— Merde ! On a paumé mémé ! s'écrient-ils en chœur.

4

Non loin de là, la mémé trépigne au bord de la route, faisant du stop près de sa caravane. Aucune voiture ne s'arrête. Finalement, quelqu'un ralentit à sa hauteur. Elle sourit. Enfin un brave ! L'humanité n'est pas perdue… Si ! À la vue de la vieille dans sa robe à fleurs, le conducteur, qui pensait visiblement avoir affaire à une jeune, accélère.

— Crétin ! soupire la mémé en retournant vers sa caravane.

Mais il lui en faut plus pour la décourager. Elle est du genre increvable. À l'intérieur, elle regarde le portrait de son défunt mari et attrape le fauteuil roulant plié à côté.

— Tu vois, andouille, pour une fois, tu vas me servir à quelque chose…

Engoncée dans son char d'assaut, mémé Cornemuse se plante à nouveau au bord de la route. Sans succès. Elle râle.

— C'est pas vrai ! Y a plus aucun respect pour les personnes handicapées. Dans quel monde on vit ?

Elle décide de changer de tactique et fonce avec son fauteuil jusqu'à un croisement, un peu plus loin. Au moment où le feu passe au rouge, une voiture s'arrête. Au volant, un homme dans le genre jeune cadre dynamique, à ses côtés, une pétasse style secrétaire prout-prout. Ils regardent droit devant eux, feignant de ne pas avoir vu la mémé qui se met à toquer sur la vitre de la passagère. La fille se fige. La mémé frappe de plus belle. La pimbêche finit par baisser son carreau. Aussitôt, mémé Cornemuse ouvre son cabas posé sur ses genoux et en sort un flingue qu'elle braque sur la tempe de la gravure de mode. Celle-ci ouvre la bouche, sur le point de hurler.

— Un cri et je tire ! Et toi, gueule-t-elle au conducteur, tu stoppes ton moteur, tu descends de ta cage à lapin et tu viens m'ouvrir la portière.

Mais le conducteur ne bouge pas d'un pouce.

— T'as entendu, face d'œuf ? Magne-toi le train ou je fais un couloir dans la tête de ta guenon.

Le conducteur arrête son moteur mais ne sort pas de sa voiture.

— Il n'y a pas de place pour mettre votre fauteuil.

— On s'en fout de mon fauteuil. Viens m'ouvrir, je te dis.

L'homme soupire, finit par lui ouvrir la portière. La mémé se lève et, princière, s'installe à l'arrière, braquant le flingue sur la nuque de la passagère. Docile, le péquenot reprend sa place au volant.

— Voilà ! Faut même leur apprendre les bonnes manières à cette génération de bobos. Fonce, petit con.

— On vous dépose où ?

— Je ne sais pas. Mais démarre et mets la gomme !

La voiture s'éloigne, abandonnant le fauteuil roulant sur le bord de la route. Tout en regardant défiler le paysage, la mémé chante à tue-tête, plus joyeuse que jamais :

— *Tata Yoyo, qu'est-ce qu'il y a sous ton grand chapeau...*

— Dites, pouvez pas un peu la fermer ? grogne le conducteur. Ça fait une heure qu'on se farcit les tubes d'Annie Cordy... N'auriez pas autre chose ?

— Non. Je connais que ses chansons. Ma sœur me les passait tout le temps sur son pick-up.

Et elle se remet à chanter.

— *J'voudrais bien, mais j'peux point. / C'est pas commode, d'être à la mode / Quand on est bonn' du curé...*

Ils roulent. Le paysage défile. Plat pays, morne plaine. La Flandre est devenue triste avec ses Flamingants qui lui ont écrasé le cœur à coups de bottes de SS. Ici, tu demandes ton chemin en français, et on ne te répond pas. Tout juste si on ne te fusille pas !

— Et vous ne savez toujours pas où vous voulez aller ? demande le conducteur à la mémé qui vient de passer en revue tout le répertoire d'Annie Cordy.

— Si. À la mer du Nord.

— C'est vaste...

— À Blankenberge.

Sur ce, elle se remet à chanter.

— *Mais quand le diable, qu'est un bon diable me tire par les pieds...*

5

La bagnole des Destrooper a fait demi-tour. Alfonse
roule lentement. À l'arrière, Steven et Lourdes sont comme
figés dans la glace. Ils visionnent en boucle les images
captées dans les toilettes du restoroute. Un cadavre gît sur
le ventre, le cou transpercé par un couteau. Du sang sort
de la plaie. Malgré son casque, ils ont tout de suite reconnu
le motard qui a agressé leur mère et volé son sac parce qu'il
portait un blouson orné d'une tête de mort. Lourdes cogne
discrètement le bras de son frangin et lui montre la main
blessée de leur père qui serre le volant comme s'il allait
s'envoler. Il a l'air tendu.

— P'pa, qu'est-ce que t'as à la main ? se hasarde Steven.

— Rien. Je me suis blessé en ouvrant une canette. Salo-
peries, ces ferrailles.

— Tu dois désinfecter pour pas attraper la tuberculose,
décrète Josette.

— Le tétanos, rectifie son mari.

— C'est pareil.

— J'ai mis de la bière dessus, ça ira, fait-il en extirpant
un mouchoir de sa poche pour entourer la blessure.

Steven regarde son père d'un air dubitatif et murmure à
sa sœur :

— Tu crois que c'est lui ?

— J'sais pas. Souviens-toi : il a dit que s'il le retrouvait il lui ferait la peau.

— Ouais, mais entre ce qu'on dit et ce qu'on fait… Notre père n'est quand même pas un criminel ! assure Lourdes.

— Bah, dans un coup de sang, avec un verre dans le nez… Il est allé aux toilettes avant nous au restoroute, et il s'était déjà enfilé quelques bières ce matin avant de partir. Je l'ai vu !

— Qu'est-ce qu'on va faire ? s'inquiète la frangine.

— Pour le moment, rien du tout. On ne bouge pas. Faut d'abord être certains que c'est lui. Et si c'est le cas, on brûlera le film. Faut pas laisser de traces. Dès qu'on arrive à la pension, on le mate sur l'ordi, on aura sans doute plus de détails.

— J'espère de tout mon cœur que c'est pas lui, chuchote Lourdes.

L'idée d'avoir un père assassin lui est insupportable. Mais même si c'est le cas, elle est d'accord avec son frère pour le couvrir. Quoi qu'il arrive, c'est leur papa. Barjot et souvent casse-pieds, certes, mais c'est pas un mauvais bougre.

Soudain, une voiture décapotable rose jambon klaxonne nerveusement derrière eux. Énervé, Alfonse baisse sa vitre et crie :

— Qu'est-ce qu'il veut, le pédé avec son coupé sport ?

— Alfonse !

— Ben quoi ? C'est bien une bagnole de tantouze qu'il a, ce crétin.

Ni une ni deux, la voiture de sport le dépasse et se plante devant lui en lui barrant la route.

— C'est malin, s'écrie Josette, tu vois où ça nous mène ta grande gueule ?

— J'ai horreur des gens pressés. Surtout en vacances. Et c'est pas un petit merdeux qui va me faire peur.

« Le petit merdeux » en question est un bodybuildé aux cheveux gominés. Mais Alfonse n'a pas froid aux yeux. Il est prêt à lui voler dans les plumes.

— C'est pas un pédé, c'est un orang-outang. M'en vais lui refaire le portrait à celui-là !

— Non, supplie Josette. Arrête ! Je t'en prie, pense à nos enfants. Si on tombe sur un mauvais coucheur…

Alfonse soupire et se résigne. Il met la gomme, contourne la voiture et se barre sans demander son reste.

— Tu crois qu'il va nous suivre ? s'inquiète Josette en regardant dans le rétroviseur.

— Mais non ! T'as vu comme il a eu la trouille quand je l'ai regardé dans les yeux ? Une vraie lopette…

À la tombée de la nuit, les Destrooper n'ont toujours pas trouvé leur coin de paradis… Alfonse fulmine.

— Ah, bonjour les vacances, hein ! Je t'avais dit qu'elle nous porterait la poisse la vieille guenon. Je le sentais !

— T'énerve pas, Chou, ça ne sert à rien.

— On voit bien que c'est pas toi qui conduis. Deux heures qu'on a déjà perdues avec ses conneries.

— J'espère qu'elle n'a rien.

— N'aie crainte, je mourrai avant elle, assure Alfonse ! Elle aura ma peau, c'est certain.

— C'est quand même pas sa faute si tu as mal attaché la caravane.

— Je ne l'ai pas mal attachée, c'est elle qui a dû gesticuler comme une malade. Et le crochet a cédé. Elle est trop lourde, avec tout ce qu'elle bouffe.

— N'importe quoi !

— Là-bas, regardez ! s'écrie soudain Lourdes.

Au loin, les Destrooper distinguent la caravane en travers du fossé. Arrivé près de l'épave, Alfonse gare sa voiture, lâche une panoplie de jurons et fonce dans la casbah de sa belle-mère, tel un mercenaire au combat. Il en ressort aussitôt en claquant la porte.

— Pas un mot. Rien ! J'espère qu'on l'a kidnappée. Ça nous ferait de vraies vacances.

— On ne peut même pas la joindre sur son GSM[1], déplore Josette. Quand je pense que je lui en avais offert un beau avec des touches lumineuses !

— Ouais… Et qu'elle l'a échangé chez l'épicier contre un casier de bières ! ricane Alfonse.

— Elle prétendait qu'elle n'en n'avait pas besoin.

— C'est sûr, puisqu'elle donne tous ses coups de fil chez nous. Et qui c'est qui paie ? Hein ? Bibi.

— À mon avis, elle a dû faire du stop, suggère Josette. Les gens s'arrêtent pour les vieilles personnes. Et à l'heure qu'il est elle doit déjà être en train de dormir à la pension.

— Tu parles ! Elle ne sait même pas où c'est. C'est la première année qu'on y va.

— Y a pas trente-six pensions de famille Les Mouettes rieuses à Blankenberge, et avec vue sur la mer en plus ! En longeant la digue elle va trouver. Allez, go !

Alfonse rattache la caravane à l'arrière de la voiture et démarre. Il tire une gueule de six pieds de long.

— Tout ça c'est à cause de ton chapeau ridicule. On voit rien dans le rétroviseur avec ce bazar. Si tu ne l'avais pas eu sur la tête je me serais rendu compte que la caravane s'était détachée. Et à l'heure qu'il est, on serait déjà là-bas…

Perdue dans ses rêves de vacances, Josette se tait. Elle s'imagine déjà en reine de la plage, étrennant son nouveau maillot acheté sur catalogue, dont la pub promet qu'on peut même bronzer à travers le tissu.

---

1. Téléphone portable en Belgique.

6

La voiture des bobos circule sur la route qui longe la digue. La mémé est à l'arrière. Elle ne regarde pas le paysage, partant du principe que quand on a vu la plage une fois, c'est bon. C'est toujours pareil. Des vagues et du sable. Pas de quoi en faire un fromage. Le ciel déverse son encre sur les gris de la mer tourmentée. On nage en pleine poésie tandis que la vieille, infatigable, continue à se prendre pour la Castafiore :

— *Chaud cacao ! Chaud, chaud, chaud chocolat...*

— Dites donc, vous êtes sûre que c'est bien à Blankenberge, votre hôtel ? Parce que ça fait une heure qu'on y est et qu'on tourne en rond. Là, je commence sérieusement à en avoir marre, lui confie le conducteur qui, malgré l'âge canonique de la mémé, n'aurait pas résisté à l'envie de lui taper dessus si elle n'avait pas eu un flingue pointé dans son dos.

— Certaine. C'est la pension de famille Les Mouettes rieuses. J'ai retenu le nom à cause des mouettes. J'aime bien ces bêtes-là. Ça fait caca sur la tête des touristes.

— Vous voyez bien qu'il n'y a pas d'hôtel qui correspond. Quatre fois qu'on fait l'aller-retour sur la digue ! Ça me sort par les trous de nez.

— Jean-Mi, je t'en prie ! s'indigne la pétasse d'un air pincé.

— Tu préférerais que je dise que ça me sort par le cul ? Parce que c'est plus proche de la vérité…

— Oh !

— Et si ça ne te plaît pas, tu n'as qu'à t'en aller. Je ne te retiens pas.

— Comment ? s'étrangle sa fiancée, au bord de l'apoplexie.

— Si tu n'avais pas ouvert ta vitre on n'en serait pas là, ma chère.

— Quel toupet ! C'est de ma faute maintenant.

— Jean-Mi a raison, approuve la mémé.

— Vous, la ferme ! On ne vous a rien demandé.

— Elle a bien le droit de donner son avis, quand même ! dit la passagère.

— Faut toujours demander l'avis aux plus vieux. C'est la voix de la sagesse, renchérit mémé Cornemuse.

— Ça dépend de ce qu'ils ont fait de leur vie, lâche le conducteur, philosophe de Prisunic à ses moments perdus. Et si on tournait à droite pour aller voir à l'intérieur des terres ?

— Non, non, la pension donne sur la mer, précise la mémé. C'était marqué sur le prospectus.

— Écoutez, on a tout ratissé au peigne fin et on n'a pas vu votre établissement. On ne va quand même pas y passer la nuit !

— Si vous voulez me payer une chambre d'hôtel ailleurs, ça me va. Mais avec une salle de bains et une télé.

— Et quoi encore ?

— Faut être charitable avec les personnes âgées.

— Vous ne croyez pas que je l'ai été assez ? s'énerve le conducteur qui en a ras la casquette. À cause de vous on a raté une soirée en amoureux.

— Pfff… Vous vous seriez ennuyés. Voyez pas que vous n'êtes pas faits l'un pour l'autre ?

— Mais de quoi je me mêle ? Vous avez choisi un mari idéal, vous ?

— Non. C'est pour ça que je sais de quoi je parle. On apprend plus avec les cons, mais on s'amuse beaucoup moins.

Soudain, la voiture fait une embardée pour éviter un hérisson qui traverse tranquillement la route. Et pan ! Le coup part… La vieille est la première surprise.

— Ça alors ! J'savais même pas qu'il était chargé, ce truc.

À moitié sonné, le conducteur regarde l'arbre dans lequel il est allé s'encastrer. Le choc n'a pas été très violent. Il a heureusement eu le réflexe de freiner à temps. Lorsqu'il tourne la tête, il pousse un cri.

— Vous avez mal aux vertèbres ? demande la mémé.

— Là… Là… Elle…

— Articule, Jules !

— Vous… Vous avez tué ma fiancée !

La pimbêche a perdu de sa superbe. De son cou déchiqueté gicle un flot de sang.

— C'est pas moi, c'est vous. Pas ma faute si vous conduisez comme un pied, constate la mémé, imperturbable. De toute façon, c'est pas très grave, elle était moche et chiante.

— Je ne vous permets pas de dire ça !

— Ouvre les yeux, Jean-Mi, tu te serais emmerdé comme un rat mort avec cette pintade.

— Pas pour ça qu'il fallait la zigouiller, quand même !

— Bah, le coup est parti tout seul. Regarde, fait la vieille en lui mettant l'arme dans les mains. Tu vois la gâchette, là ? Trop sensible, ces machins… C'est un accident. Ça arrive. C'est pas si grave.

— Non, elle est juste morte, raille Jean-Mi.

— Bon, allez, assez de lamentations. Maintenant, il faut faire disparaître le corps.

— Quoi ? Mais non, il faut appeler la police, fait le bellâtre en extirpant son portable de sa poche.

Ni une ni deux, la mémé l'attrape et le balance par la fenêtre, au milieu des champs.

— Ça ne va pas, non ? s'époumone Jean-Mi, visiblement hors de lui.

La vieille commence sérieusement à lui taper sur le système.

— Réfléchis, p'tit con. Si t'appelles les poulets, t'es le premier suspect.

— Pourquoi ? C'est pas moi qui ai tiré, on leur expliquera que c'était un accident, et que…

— Tatata, faut jamais raisonner avec les flics. Y comprennent rien. C'est basique, un poulet. Ta fiancée, c'était une chieuse, tu avais donc toutes les raisons de la flinguer. En plus, je te signale qu'il y a tes empreintes sur le revolver.

— Oh, merde ! Vous avez tout prémédité, en fait…

— Non. C'est parti tout seul, j'te dis. Bon, là, quand t'auras fini de philosopher, on sera peut-être opérationnels. Déjà que tu devrais me remercier de t'avoir débarrassé de cette greluche.

— C'est ça. Merci beaucoup. Je suis ravi de vous avoir rencontrée. Vraiment, quelle chance ! Vous zigouillez ma fiancée et vous niquez ma bagnole. Z'avez vu le pare-brise ?

— Ça se remplace. De toute façon, c'est une bagnole de m'as-tu-vu. Ça fait ringard. Faut en acheter une autre.

— Ben tiens. C'est vous qui allez me l'offrir, peut-être ?

— J'ai pas de fric. Mais si tu veux, on peut faire un casse. Ça me dirait bien.

— Manquerait plus que ça !

— Pfff... Petit-bourgeois, va ! Allez, aide-moi. On va pousser le cadavre à la place du conducteur et foutre le feu à cette merde. Toi, t'auras qu'à dire que t'étais avec moi et qu'on s'envoyait en l'air dans les dunes. C'est pas un bon alibi, ça ?

— Heu... Sans vouloir vous vexer, je pense que c'est pas plausible.

— Ah bon ? Pourquoi ça ?

— Ben... Vu votre âge...

— Crétin, va ! Tu ne lis pas les magazines people ? T'es pas au courant que c'est la grande mode maintenant ? Madonna avec Jésus, Demi Moure avec Aston Kouchner, Claire Chagal avec l'autre gravure de mode, et j'en passe... Faut un peu te tenir au courant de ce qui se trame dans le monde, hein ! Depuis le botox, fini les meufs qui se trimbalent avec leurs vieilles pantoufles. Du neuf, toujours du neuf et une bonne bite bien dure, ça c'est l'avenir, mon Coco, dit-elle en lui plaquant la main au cul.

Finalement, une petite escapade avec ce gugusse ne déplairait pas à la mémé. Mais lui n'a pas l'air chaud. C'est sûr qu'il faudrait réveiller sa libido à celui-là. C'est sûrement pas avec la bonbonnière qu'il se trimbalait qu'il atteignait le nirvana.

Bah, à défaut de lui mettre le feu aux fesses ils peuvent toujours faire un grand feu de camp avec la bagnole. Manque juste les merguez.

7

Les phares allumés, la voiture des Destrooper est arrêtée devant une grosse baraque vieillotte et mal entretenue, située derrière les dunes. La zone. Vue sur la misère du monde. Les passagers semblent tous figés à l'intérieur de la bagnole.

— Dis, Chou, t'es sûr que c'est ici ? s'inquiète Josette.

— Tu vois bien comme moi ce qui est écrit sur la façade. *Les Mouettes rieuses*. C'est notre pension.

— Y en a peut-être plusieurs qui s'appellent comme ça ?

— Écoute, on a déjà eu du mal à la trouver, et moi je suis crevé avec tout ce qui nous est arrivé. Alors on dépose nos bagages ici pour cette nuit, et demain on ira chercher d'autres mouettes ailleurs. S'il y en a. Ça te va ?

Josette sort de la voiture en soupirant. Alfonse se tourne vers ses rejetons qui roupillent à l'arrière. Il jubile à l'idée de les réveiller en sursaut.

— Debout, bande de feignants ! On est en vacances ! Enfin ! se marre-t-il.

Les deux ados fixent la bicoque d'un air ahuri.

— Hé, t'as vu, Lourdes, on dirait la maison du psychopathe dans *Psychose*. Ça craint.

— Ouais, c'est relou.

41

Leur père est déjà dehors. Il s'étire et gonfle ses poumons.

— Respire, Josette ! Respire l'iode…

— Mmm… Et elle est où, la mer, hein ?

— On ne la voit pas parce qu'il fait noir.

— Moi, je crois qu'on s'est fait avoir si tu veux mon avis.

— Pas du tout, assure Alfonse. Ça fait vingt ans que Georges Vandenbroeck ne manquerait pour rien au monde ses vacances ici. Il ne m'aurait pas filé l'adresse sinon. On peut lui faire confiance quand même !

— N'oublie pas que Georges était ton pire ennemi il n'y a pas si longtemps…

— Ça, c'était quand il me faisait de la concurrence avec sa fabrique de cervelas. Mais depuis qu'il vend des gaufres de Bruxelles, on est devenus copains.

— En attendant, je vois ce que je vois : une ruine à des kilomètres de la mer.

— Bon, écoute, si Mâdâme n'est pas contente, elle n'a qu'à prendre un sac de couchage et aller dormir sur la plage. Moi, je vais voir la chambre.

D'un pas décidé, Alfonse se dirige vers la pension et sonne à la porte d'entrée, pendant que Josette et ses enfants prennent leurs valises.

— Emportez le minimum, leur conseille-t-il, on déchargera la voiture demain.

Il sonne de nouveau.

— J'vais pas y passer la nuit ! Qu'est-ce qu'ils fichent les aubergistes ? T'as l'heure, Bibiche ?

— Dix heures moins cinq.

Alfonse en remet une couche et sonne de plus belle.

— Ça va, ça va ! On arrive ! Y a pas l'feu, gueule le patron.

— Arrête, Chou, tu vas les mettre de mauvaise humeur et on va être mal reçus.

— T'inquiète, Bibiche, le client est roi.

La porte s'ouvre sur une sorte d'ours mal léché qui tire la tronche, visiblement furieux d'avoir été réveillé. À l'intérieur, il fait noir comme dans le bonnet de Doc Gynéco.

— C'est pour quoi ? grogne le malabar qui sent la vinasse.

— Alfonse et Josette Destrooper. On a réservé pour un séjour…

— On vous attendait plus tôt.

— Désolés, mais on a eu de gros problèmes sur la route et…

— Votre belle-mère est déjà là, leur annonce le gros ours en peignoir et pantoufles bouffées par les mites. Elle est arrivée avec son fiancé.

— Comment ? s'étrangle Josette. Il y a sûrement une erreur.

— Non. Je ne fais jamais d'erreur, madame, pérore le gros.

— Mets-la en veilleuse, murmure Alfonse à Josette.

Le taulier se décide finalement à les laisser entrer.

— Même qu'elle a dit que vous aviez détaché sa caravane pour partir tranquilles en vacances sans elle, continue-t-il.

— Quoi ??? Elle a dit ça ?

— Mais non, le rassure Josette, tu vois bien que Monsieur plaisante. Elle doit être folle d'inquiétude…

— Non. Elle a bu une bouteille de rhum au bar. Je l'ai notée sur votre compte, comme elle me l'a demandé. Elle dort dans votre chambre avec son bellâtre.

— Comment ça, dans notre chambre ? s'énerve Alfonse.

— Les autres sont réservées. C'est une pension de famille, il n'y a pas beaucoup de places. Et un nouveau client arrive demain matin à la première heure. En revanche, la chambre des enfants est libre.

— On n'a qu'à aller dormir dans la caravane, et demain on échangera avec ma mère, propose Josette.

— Je n'irai pas dormir dans la caravane ! En plus, ça pue le narguilé là-dedans. Ma belle-mère fume ce truc-là, confie-t-il au patron. Une infection !

— Du moment qu'elle ne fume pas dans mon établissement...

— Nous, on veut bien aller roupiller dans la caravane de mémé, assure Steven. Vous n'avez qu'à prendre notre piaule. Hein, Lourdes ?

— Sûr !

Les ados, en chœur, ne leur laissent pas le temps de répondre.

— À demain, m'man. À demain, p'pa.

Et ils s'empressent de foutre le camp.

— Tu vois comme ils sont gentils ? Ils se sacrifient pour nous, fait Josette tout attendrie.

— Tu parles ! Faut toujours se méfier avec eux...

— Dites, ne laissez pas votre caravane devant, beugle le patron. Ça déprécie la façade. Ma femme est maniaque. Y a un terrain à côté, je le loue pour le prix d'une chambre.

— Pour le prix d'une chambre ? Mais c'est insensé, s'insurge Alfonse.

— Si ça ne vous convient pas, vous pouvez vous en aller. À condition de régler votre séjour, bien sûr, car les chambres ont été bloquées pour une semaine. Et bonne chance pour en trouver ailleurs en pleine saison !

— M'enfin, Chou, si on n'avait pas eu de caravane, on aurait quand même dû loger ma mère dans une chambre. Je ne vois pas la différence.

— Je vois que Madame a du bon sens, constate le gros, sirupeux.

Ravie qu'on reconnaisse enfin ses mérites, Josette lui sourit.

— Et un magnifique chapeau ! ajoute-t-il.

Radieuse, elle ne se sent plus. Enfin un homme de goût !

— Ah bon ? Vous trouvez ? s'étonne Alfonse.

— Ma femme va aimer. Elle porte le même genre de conneries.

Alfonse se marre et regarde sa femme qui ne sourit plus du tout.

— Bon, moi je vais dormir, annonce Josette en saisissant sa valise posée par terre.

Arrivée au pied de l'escalier, elle s'arrête et attend son mari.

— J'irai garer la caravane demain matin, ça vous va ? propose Alfonse.

— Du moment que vous le faites avant que ma femme se réveille…

— Et elle se lève quand ? Pas trop tôt j'espère !

— À six heures.

— Hein ? s'étrangle Alfonse.

— Elle doit préparer les petits déjeuners. Ici, on sert à sept heures trente. Comme ça, les clients peuvent profiter de la journée.

— Sept heures trente ! Mais c'est pire qu'au régiment ! Moi, je suis venu ici pour me reposer, gémit Alfonse.

— Vous n'aurez que ça à faire. Pendant ce temps, nous on bosse. Vous plaignez pas, en plus !

— Alors quoi, on monte ? J'ai sommeil ! tempête Josette qui attend toujours à côté de l'escalier.

— Je vais vous montrer votre chambre.

Penaud, Alfonse le suit, sa valise à la main. Pour se redonner une contenance, il lui annonce avec fierté qu'ils viennent en fait de la part de Georges Vandenbroeck.

Le patron s'arrête net et se retourne en toisant son client.

— Vous le connaissez ?

— C'est un ami ! assure Alfonse, radieux et souriant.

— T'aurais dû commencer par là, lui murmure son épouse. C'est malin !

— Ah ouais ? Un ami à vous... Et ben vous lui direz qu'il a oublié de régler ses extras au bar la dernière fois qu'il est venu. Vous avez de drôles de relations, vous ! fait-il en continuant à grimper les escaliers.

— Enfin, c'est pas vraiment un ami... C'est plutôt une relation de travail...

Alfonse sent qu'il s'empêtre dans la gadoue. Le patron continue à monter les marches sans l'écouter. Josette fulmine. Son crétin de mari a encore décroché la palme !

8

Aussitôt installé dans la caravane, Steven allume son ordi et exporte les images du film. Les yeux rivés à l'écran, sa sœur et lui repassent la scène du crime, espérant déceler un détail. Du sang pisse du casque du motard qui a dû se cogner en tombant. Mais c'est visiblement le couteau dans le cou qui l'a tué. Le mec s'est fait égorger comme un goret ! Du travail de boucher, pense Lourdes. Un boulot que son père connaît bien puisque c'était son métier avant qu'il monte son entreprise de viande surgelée...

— Steve... Tu penses la même chose que moi ?

— Ouais.

— C'est pas possible ! Mon Dieu, dites-moi que c'est pas vrai ! se lamente Lourdes au bord des larmes.

— Ça ne sert à rien d'appeler ton Bon Dieu, il a d'autres chats à fouetter.

— J'suis sûre qu'il m'entend !

— Évidemment ! se moque son frangin. Il est à ton écoute vingt-quatre heures sur vingt-quatre. « Service après-vente, bonjour ! »

— Hé, regarde, là. C'est quoi ? fait soudain sa sœur en montrant le coin de l'écran.

Un petit coup de zoom, et deux pointes de chaussures mouchetées de noir et blanc apparaissent.

— Merde ! s'exclame Steven, les santiags du connard qui m'a bousculé à la sortie des waters !

— T'es sûr ?

— J'pouvais pas les louper, c'est en peau de vache.

— Alors c'est lui qui l'a tué ! jubile Lourdes, trop contente que ce ne soit pas leur père.

— Ça m'en a tout l'air…

— Tu vois que Dieu m'a entendue !

— Tu me passeras son numéro de GSM ? se moque Steven.

— Non, tu ne le mérites pas, couillon.

9

Douce nuit, sainte nuit... Alfonse et Josette sont dans leur lit. L'intérieur de la chambre est vétuste, et la déco très kitsch. Sur les murs tapissés de grosses fleurs défraîchies sont accrochés d'affreux tableaux. Alfonse fait la moue en fixant les bateaux en capsules collées sur la toile et l'encadrement garni d'une bande au crochet.

— C'est moche, ces trucs-là !

— Mais non, Chou, c'est artisanal...

— À ce niveau-là, c'est même pas recyclable !

— Tu es cruel. Ce sont sûrement leurs enfants qui les ont fabriqués, avec leurs petites mains et tout leur amour.

— Ouais... C'est sûr que ça va avec le reste, admet Alfonse. Toute façon, on n'est là que pour dormir. Demain, quand on ouvrira notre fenêtre, on verra le soleil et la mer, et tout nous paraîtra merveilleux.

— Oui... Quand même, je me demande pourquoi le propriétaire a dit que ma mère était avec un type.

— T'es bête, Bibiche ! Avec qui veux-tu qu'elle soit à son âge ? Il a dit ça pour plaisanter.

— Tu trouves que c'est le genre à faire des blagues ?

— Bah, il faut se méfier des apparences. Sous ses dehors de brute se cache peut-être un petit comique.

— J'suis sceptique...

— Allez, maintenant on dort. Je suis crevé. Au fait, t'as mis le réveil ?

— Oui. Bonne nuit, Chou. Fais de beaux rêves.

— Toi aussi. Bonne nuit, Bibiche.

Alfonse embrasse sa femme sur la joue et éteint. Ils vont pouvoir enfin se reposer des émotions du voyage. Alfonse sent une douce torpeur l'envahir. Soudain, un gros gargouillement les fait sursauter.

— C'est quoi, ce boucan ? T'as entendu, Chou ?

— Faudrait être sourd !

Le bruit s'amplifie.

— On dirait que ça vient d'en haut, constate Alfonse.

— Oui… Regarde, il y a des gouttes qui tombent du plafond !

— Il a pas dit que ta mère dormait juste au-dessus de nous, le taulier ?

— Non, tu fabules. C'est agaçant à la fin ! Chaque fois qu'il y a quelque chose qui te dérange, tout de suite tu penses à ma mère… Faut arrêter avec ça.

— Cite-moi une seule catastrophe qui n'était pas de la faute de ta mère ! Hein ?

Tandis que la tuyauterie continue à couiner, la fuite s'aggrave.

— C'est pas vrai ! On va finir par être inondés. Aide-moi à bouger le lit, Bibiche.

Josette pousse un soupir et s'extirpe de ses draps avec peine. Elle est claquée et elle n'a pas envie de jouer à la déménageuse. Avec une tronche de six pieds de long, elle aide son mari à déplacer le lit. L'eau coule juste à côté, sur le plancher.

— Bouge pas, je vais voir le patron, décrète Alfonse, visiblement dépassé par la situation.

— Il a dû se recoucher.

— Y a bien une sonnette, je suppose.

Il enfile son peignoir et descend au rez-de-chaussée, laissant sa femme assise sur le lit à regarder tomber les gouttes.

Dans le hall, Alfonse tâtonne, cherche l'interrupteur, ne le trouve pas. Il trébuche, pousse un juron, puis se dirige vers le comptoir à la recherche d'une sonnette. Rien.

— Y a quelqu'un là-haut ? crie-t-il depuis le bas de l'escalier.

Il se décide finalement à grimper les marches. Toujours assise sur le lit, Josette entend des bruits de pas dans le couloir.

— C'est toi, Chou ? s'inquiète-t-elle.

Les pas s'arrêtent. La porte s'ouvre.

— Bien sûr que c'est moi ! Qui veux-tu que ce soit ? Y a pas un chat dans cette baraque. T'as beau crier au secours, tu peux crever les tripes à l'air.

— On dirait que ça s'est calmé. Allez, viens te coucher. On n'entendra plus rien une fois endormis.

Alfonse enlève son peignoir et se recouche en grognant.

— Quand même, pour le prix qu'on paie…

— Justement. C'est pas le Ritz. En tout cas, tu diras merci à ton ami Georges Vandenbroeck. Il pourra toujours courir pour que je continue à lui acheter des gaufres !

— Toute façon, ça donne du cholestérol.

— T'as raison, Chou. Bonne nuit.

— Bonne nuit, grommelle Alfonse en éteignant la lampe de chevet.

Là, ça y est ! Ils vont pouvoir s'endormir tranquillement. Josette se tourne et se retourne dans le lit avant de se glisser dans les bras de son mari qui ronfle déjà ! Elle ferme les yeux mais ne peut s'empêcher de penser à son sac et d'en faire l'inventaire. Heureusement, elle avait mis sa trousse de maquillage dans son beauty-case ! La fatigue finit par l'emporter, et la voilà qui s'envole au pays des songes avec George Clooney venu lui proposer un Nespresso.

Soudain, de nouveaux gargouillements viennent perturber cette douce nuit. Tellement forts que Josette finit par se réveiller. Elle entend des bruits de flotte. Secoue son mari toujours en train de ronfler. Finit par le réveiller.

— Hé, t'entends ?

— Quoi encore ? ronchonne-t-il, énervé.

Il allume la lumière, constate avec effroi que des gouttes de plus en plus drues suintent du plafond.

— C'est pas vrai ? lâche Alfonse, halluciné.

— C'est inutile de t'énerver, biquet, lui conseille son épouse en fouillant dans son beauty-case posé sur la table de nuit. Tu n'y changeras rien. On verra ça demain. Tiens, fait-elle en lui tendant des boules Quiès, enfonce ça dans tes oreilles, tu n'entendras plus rien.

Docile, Alfonse s'exécute, se recouche et éteint, espérant enfin trouver le sommeil du juste.

10

Mémé Cornemuse a mal au poignet. Après avoir pompé le dard de l'autre truffe, elle l'a astiqué pire qu'une brosse à reluire. Plus l'habitude. Avec son légitime, ça faisait des plombes qu'ils faisaient chambre à part. Parce que le vieux ronflait et préférait le Tour de France aux galipettes. Chacun son truc.

L'autre, béat, gisait complètement pompette dans son plumard. Après lui avoir fait avaler une bouteille de whisky piquée derrière le comptoir, la vieille l'a couché, déshabillé et observé pendant un bon moment avant de passer à l'attaque. Fallait qu'elle se remémore. Y a longtemps qu'elle n'avait plus vu un mec à poil. Du moins en vrai. Parce qu'elle emprunte les bouquins de cul de son petit-fils. Ah, ça, le Steven, il n'est pas tout net avec ses airs de benêt. C'est pas des femmes qu'il mate, mais des mecs... Du genre statues grecques avec la panoplie du parfait lanceur de javelot. Si son gendre savait ça ! Lui, le gros macho avec son tatouage à la place des neurones... La chair de sa chair est pédé ! La vieille a jubilé quand elle a découvert l'affaire.

— Hé, Jean-Mi, fait-elle en le secouant, réveille-toi, on va déjeuner. J'ai la dalle.

— Mmm... Parlez pas de manger, ça m'donne envie de vomir.

L'autre pété a la bouche pâteuse et se contorsionne à la manière d'un lombric baveux. L'oreiller est tout mouillé.

— Qu'est-ce qui se passe ? Où j'suis, là ?

— T'es au royaume de saint Nicolas, patate.

Il se redresse péniblement et fixe la vieille comme si c'était l'apparition de la Vierge. Sauf qu'elle ne l'a jamais été. Même à sa naissance elle était déjà pute dans l'âme et suçait sa *tute*[1] avec un acharnement de pipeuse.

— Aïe, ma tête ! gémit le naufragé en se tenant le crâne.

— Quand on ne tient pas la route, faut pas s'étonner.

— Mais… J'suis à poil !

— Ben oui. C'est les vacances.

— Qu'est-ce que… On n'a rien fait, rassurez-moi !

— Comment ça, on n'a rien fait ? On est passés de la brouette katangaise au tournevis hawaïen. Le pied, quoi !

L'heureux élu observe la vieille sorcière en se demandant si c'est du lard ou du cochon. Bien capable avec son regard lubrique. Dans le fond, il préfère ne pas savoir. Ça lui minerait à jamais le moral de se dire qu'il a baisé avec cette momie. Soudain, il se rappelle l'accident. La voiture en flammes. Avec sa fiancée dedans. L'odeur de cramé. Une saloperie qui lui restera dans le nez toute sa vie. Il n'a pas envie d'avoir mauvaise conscience. Ça ronge le bonheur comme la gangrène. Il tente de se persuader qu'il n'y est pour rien. Que c'est la faute de la vieille. Puis il pense à ce qu'aurait été son existence avec sa fiancée. Une belle autoroute monotone et bien entretenue. Avec villa sur le lac et voiture de sport dans le garage. Peut-être une marmaille de futurs banquiers. Au bout d'un an ou deux il aurait pris une maîtresse pour fleurir le quotidien. Finalement, c'est pas plus mal, qu'il se dit. Il ne savait pas comment se dépêtrer de cette relation. La famille de sa fiancée lui avait mis le

1. Tétine de bébé.

grappin dessus. Le beau-père avait des projets d'avenir pour son gendre. Il allait passer du cadre en bois au cadre doré. Suspendu au mur pour le restant de ses jours. Le chemin était tout tracé. Jusqu'au moment où un arbre était venu se flanquer juste au travers. Une aubaine, quoi ! Merci la vieille... Même si elle a abusé de lui, il lui doit bien ça, après tout. D'autant qu'il ne se souvient de rien. En revanche, il va devoir s'en dépêtrer. Et ça ne sera pas du gâteau !

11

À six heures dix pétantes, le réveil a sonné à toute berzingue. Mais les Destrooper ne se sont pas réveillés et ont continué de dormir à poings fermés.

Huit heures. La lumière du jour inonde la chambre. Une grosse mouche se pose sur le nez d'Alfonse, qui lève enfin un œil. Bougon, il regarde l'heure et sursaute. Une large auréole tache le plafond. Alfonse enlève ses boules Quiès, saute à bas du lit, et *splatch* ! Le plancher est trempé. Panique à bord !

— Hé, Bibiche ? BIBICHE !!! s'écrie-t-il en secouant sa moitié qui ronfle encore.

— Quoi ? bafouille Josette.

Elle regarde son mari qui lui parle en gesticulant, mais elle n'entend pas. Il lui faut un certain temps avant de se rendre compte qu'elle a des boules Quiès dans les oreilles.

— Qu'est-ce qu'il y a ? fait-elle en les enlevant.

— T'as vu l'heure ? On n'a pas entendu la sonnerie avec tes satanés machins. Dépêche-toi, sinon on n'aura plus rien à déjeuner. En plus, je dois bouger la caravane...

Illico presto, le voilà qui met ses *slaches*[1], enfile un pantalon et un pull par-dessus son pyjama tandis que Josette sort du lit. Re-*splatch* ! Les pieds dans l'eau...

---

1. Pantoufles, mules.

— Ben dis donc ! Faut des palmes... Allez, que ça ne nous décourage pas pour bien commencer notre séjour à la mer. Faut prendre ça à la rigolade. Y a pire dans la vie.

Josette a toujours été une bonne nature. Comme tous les Belges, elle a le sens de la dérision. Souriante, elle s'étire, se dirige vers la fenêtre occultée par les tentures et se met à chantonner. *La mer, / Qu'on voit danser, / Le long des golfes clairs...* Elle ouvre les rideaux pour contempler le paysage, s'arrête net de gazouiller. Son optimisme a des limites.

— Zut !

— Qu'est-ce qui se passe ? grommelle Alfonse, occupé à chercher ses bottes dans sa valise.

— Y a pas la mer !

— Elle s'est peut-être retirée.

— Ou alors on la voit depuis les chambres qui sont à l'arrière ?

— De toute façon, on récupère la nôtre ce soir puisque ta mère va roupiller dans sa caravane.

— Dis, les enfants ne vont quand même pas dormir dans cette chambre ! s'inquiète Josette.

— Bien sûr que non ! Ils n'ont qu'à prendre la piaule de la mémé. Moi, je vais me débrouiller pour en avoir une autre, ne te fais pas de mouron. Ah, ça, il va m'entendre, le patron ! Et en plus il va nous rembourser la nuit. Nous ne sommes pas responsables du dégât des eaux.

— Y a pas de soleil non plus, constate Josette, déçue.

— Toute façon, c'est pas bon pour la peau. Ça donne des cancers.

— Oh, là-bas ! On dirait un phare breton ! s'écrie-t-elle, toujours à la fenêtre.

— À la mer du Nord ça me paraît peu probable...

Alfonse s'approche pour voir de plus près et pousse un cri.

— Quoi ? Qu'est-ce que t'as vu ?

— Là, en bas… C'est le coupé sport du pédé qui m'a fait une queue de poisson sur la route.

— Mais non, Chou ! Il était vert.

— Je te dis que c'est celui-là. Il était rose !

— Bon, admettons. Mais y en a plein de coupés sport de cette couleur. Tu crois quand même pas que des types qui peuvent se payer des bagnoles pareilles passent leurs vacances dans des baraques comme celle-ci !

Alfonse réfléchit et finit par lui donner raison. À contre-cœur, car il déteste admettre ses torts. Mais bon, Josette a des arguments imparables.

— Allez, dépêche-toi, Bibiche. Je ne voudrais pas manquer un déjeuner que j'ai déjà payé.

— Parce que t'as aussi payé les repas à l'avance ?

— Évidemment. Sinon ils louaient les chambres à quelqu'un d'autre.

— Ça n'aurait pas été très grave, remarque Josette en contemplant les dégâts causés par la flotte.

— Mets ça et magne-toi, lui conseille son homme en lui tendant une robe prise au hasard dans la valise.

— Ah non ! Je ne descends pas sans maquillage.

— Tu l'as dit toi-même, on n'est pas au Ritz. Tu feras ça après.

Josette soupire, enfile la robe par-dessus sa combinaison et finit par suivre son mari, se souvenant de ce que sa grand-mère lui avait dit un jour : « Il faut toujours donner aux hommes l'impression que ce sont eux qui dirigent, tout en sachant très bien que ce sont les femmes qui les mènent par le bout du nez. »

Résultat des courses, le jour de ses soixante ans, le vieux s'était barré avec une Portugaise qui avait du poil aux pattes mais trente piges de moins. N'empêche, il a fini par revenir après son escapade. Et il est mort dans sa casbah. L'honneur était sauf.

12

Alfonse et Josette déboulent dans la salle à manger. La mémé est déjà installée et s'empiffre, tandis que la patronne, une femme opulente à l'air un peu abruti, débarrasse tout ce qui traîne. Elle s'interrompt en voyant entrer les Destrooper et beugle :

— C'est trop tard pour le petit déjeuner.

Et elle continue à débarrasser les tables avec fracas.

— On est désolés, s'excuse Alfonse, mais on n'a pas entendu le réveil parce que...

— C'est à vous la carriole, devant ? grogne la patronne en soulevant son menton velu.

— Oui, je vais la garer dans le parking.

— Faut pas la laisser là, ça fait fuir les clients.

La mémé, qui visiblement pète la forme après sa nuit d'ivresse, leur adresse de grands signes, comme s'il y avait beaucoup de monde dans la salle.

— Tu vois bien qu'elle est toute seule, chuchote Alfonse à l'oreille de sa femme. Le gros a dû confondre...

— Vous êtes avec la dame ? interroge la patronne.

— Oui, c'est ma mère, précise Josette.

— Installez-vous avec elle. Dans la mesure où je n'ai pas à dresser une autre table ça va pour une fois. Je vais voir s'il reste du café.

— Vous n'auriez pas du thé ?

La patronne la fusille du regard comme si elle venait de dire une insanité, avant de disparaître dans sa cuisine. Josette s'assied près de sa mère.

— Je vais bouger la caravane, annonce Alfonse, l'affaire sera réglée et ça réveillera les ados.

— Bah, ils sont en vacances, lui rappelle sa femme, indulgente.

— Sont toujours en vacances, grogne Alfonse en sortant.

— Y sait faire autre chose que râler, ton vieux schnock ?

— M'man, tu sais bien que sous ses airs d'ours mal léché il a un cœur en or.

— Ouais. Tu as toujours confondu l'or et le fer-blanc, ma pauv'fille. Je t'avais dit de prendre un petit jeune. Enfin, il est encore temps.

— M'enfin, maman, je ne vais quand même pas tromper mon mari !

— Tout de suite les grands mots ! Tu peux avoir une villa à la campagne et une autre en ville, quand même.

— Je ne vois pas le rapport.

— M'étonne pas. Le jour où t'auras compris, il sera trop tard.

Les discours de sa mère ont toujours énervé Josette. Elle qui a tout fait pour bien rentrer dans les cases, être une bonne épouse et une bonne mère, ne capte pas comment on peut être aussi jean-foutre, et à son âge en plus ! Elle s'empresse donc de changer de conversation :

— Alors m'man, tu as bien dormi ?

— Ah non, j'ai pas dormi du tout, ma chère !

— Zut ! Tu n'as pas pris tes cachets ?

— Pour quoi faire ? Dormir, c'est mourir. Les nuits, c'est fait pour s'éclater. Une chose que tu as dû oublier avec ton fabricant de boulettes.

— T'as regardé la télé ? interroge Josette.

— Ça va pas, non ? Y a mieux à faire, ma fille. D'abord, y a pas la télé dans la chambre.

— Alors t'as fait quoi ?

— J'ai baisé toute la nuit.

— Maman !

— Ben quoi ?

— Dis pas de bêtises et arrête de me faire marcher. Au fait, ta chambre est à l'arrière ?

— Oui, pourquoi ?

— Est-ce que tu vois la mer ?

— T'en as des questions idiotes, constate la mémé en la toisant comme si elle était une extraterrestre. Tu sais, le matin je suis au radar. Et puis quand t'as un mec à poil dans ton pieu, tu t'en fous de la mer. En plus, hier, à cause des conneries de ton mari, j'ai eu un coup de froid en faisant du stop et j'ai dû boire un grog pour me réchauffer.

Josette est de plus en plus persuadée que sa mère commence doucement à dérailler.

— Oui, le patron nous a dit que tu avais flûté une bouteille de rhum !

— Faut ce qui faut. Ça tue les microbes.

— Quand même, m'man, tu aurais pu nous laisser un mot dans la caravane. Comment t'es arrivée ici ?

— Des personnes charmantes m'ont prise en stop.

— T'as pas attendu trop longtemps ?

— Non, non. J'ai trouvé presque tout de suite.

— Heureusement qu'il y a encore des gens charitables ! Parce qu'on était inquiets.

— Mmm… Toi, peut-être, mais j'suis sûre que ton imbécile d'Alfonse était ravi de s'être débarrassé de la vieille.

— Maman ! Ne dis pas ça ! Il est bougon, je sais, mais c'est pas un mauvais bougre. Il se jetterait à l'eau pour toi.

— T'oublies qu'il sait pas nager !

— Justement. Il n'en aurait que plus de mérite.

La patronne débarque avec un plateau avec des tasses, du pain et du café. Le sourire est resté dans la cuisine.

— Y a pas de confiture ? s'enquiert Josette.

— Si. Mais votre mère a terminé le pot.

— Elle était très bonne !

— Évidemment qu'elle était bonne, affirme la patronne. C'est moi qui l'ai faite. À l'ancienne, dans une cuve. J'écrase les fruits avec mes pieds.

Josette la regarde d'un air effaré. Pas dégoûtée le moins du monde, la mémé lâche :

— Ça donne du goût...

— Vous en aurez demain, promet la patronne en repartant vers ses fourneaux.

— *Tof*[1] *!* murmure Josette.

— Tu restes là ?

— Oui, j'attends Alfonse.

— Je préférerais encore attendre le tram sous la *drache*[2], déclare sa mère. Bon, je remonte dans ma chambre, y en a un qui doit piaffer d'impatience. Ah, ces jeunes, faut les maintenir actifs sinon ça s'embourgeoise. Je sens qu'on va s'en remettre une pétée !

---

1. Chic !
2. Pluie battante.

13

Alfonse a garé la casbah de sa belle-mère ainsi que la voiture à l'arrière de la pension, dans le parking. À peine sorti de sa cage, il constate avec effroi que de la fumée s'échappe par les interstices des fenêtres de la caravane. Il tente d'ouvrir la porte, mais elle est fermée à clef. Il tambourine de toutes ses forces. La porte finit par céder, laissant s'échapper un gros nuage noir. Paniqué, il jette un coup d'œil à l'intérieur et se met à tousser comme un malade. Un épais brouillard remplit la pièce.

— Qu'est-ce qui se passe ici ? Y a le feu ?

Affalée sur la banquette, sa fille est à moitié dans les vapes. Son fils est dans le même état de béatitude. Le narguilé est sur la table. *Life is beautiful*, *peace and love*, tout baigne...

— C'est pas vrai ! Vous avez fumé cette saloperie ?

Furieux, Alfonse empoigne le narguilé et le jette dehors.

— Hé ! C'est à mémé, le prévient Lourdes.

— M'en fous. Je ne veux pas que mes enfants se droguent.

— C'est pas de la drogue. Ça vient du Maroc, lui explique sa fille.

— Et alors ?

— On fume des loukoums, là-bas..., ajoute Steven, hilare.

— Tu te fous de ma gueule ? Allez, sortez de là tous les deux, et venez déjeuner. Ensuite on ira faire un petit jogging sur la plage pour s'aérer les poumons. Et que je ne vous y reprenne plus !

Il tousse, et sort.

— Allez, mec, magne-toi, on va becter, dit Lourdes en secouant son frère, visiblement dans le coaltar.

— J'ai pas faim... Cette histoire de meurtre m'a retourné l'estomac.

À l'extérieur, Alfonse commence à s'énerver.

— Alors, vous venez ?

— Amène-toi sinon le père va péter un câble, fait-elle en tirant son frangin par le bras.

14

La famille Destrooper est à table et déjeune. Les ados chipotent. N'ont visiblement pas faim. La mémé déboule soudain au bras du jeune cadre qui n'a plus rien de dynamique puisqu'il a la tête dans le cul.

Josette manque de s'étrangler en les voyant traverser la salle à manger. La vieille s'est mise sur son trente et un : fleurs dans les cheveux, robe à volants et maquillage de bimbo. Une vraie poupée de foire.

— T'as vu, Biquet ? lâche Josette.

Alfonse a avalé de travers. Il se met à tousser comme un dératé, envoyant des miettes de pain dans l'assiette de son fils qui fait la moue.

— Salut les ringards ! claironne la vieille. Je vous présente Jean-Mi, mon fiancé.

L'autre rescapé bredouille un « b'jour » qui ressemble à un renvoi et s'affale sur une chaise.

— Il est un peu barbouillé, explique la mémé. On a eu une nuit torride. Ces jeunes, ça tient pas la route…

Les Destrooper observent la scène sans moufter. Pire que s'ils venaient de recevoir une benne à ordures sur la tronche. Tandis qu'Alfonse plonge le nez dans sa tasse de café en émettant un bruit de siphon, Josette tente de faire diversion :

— Tu as signalé l'inondation au patron, Chou ?

— Ah ? Vous avez eu une inondation ? s'étonne la mémé.

— Oui, dit Alfonse. Dès que le patron arrive, je lui en parle…

— Tiens, le voilà !

— Tout va bien ? demande le gros dont le bide déborde de son pantalon couvert de taches.

— Non, pas vraiment ! Il pleut dans notre chambre.

— Comment ça, il pleut dans votre chambre ?

— Il y a eu une inondation, explique Josette. Ça coulait… Des grosses gouttes. Le plancher est inondé.

— J'estime d'ailleurs que vous devriez nous rembourser la nuit, suggère Alfonse. Et, bien sûr, nous changer de chambre. Ça va de soi.

Le regard du patron se durcit. Le pit-bull qui sommeille en lui se réveille.

— Sans parler des bruits de tuyauterie, ajoute Josette. Sans doute quelqu'un qui a laissé couler l'eau dans sa baignoire.

— C'est pas un palace, ici ! Y a pas de baignoire dans les chambres. Et au-dessus de la vôtre, ce sont les W-C de l'étage. Je vais aller voir ce qui se passe.

— À ce propos, fait la mémé en lui tendant une chaîne avec un manche en bois au bout, la chasse m'est restée dans les mains hier soir. Il est pas solide, votre bazar…

Tête d'Alfonse. Les ados se marrent doucement.

— Comment ça, pas solide ? éructe le patron. Ça fait des années que ça tient. Depuis la construction de la pension qui date d'avant la naissance du roi Baudouin, rien n'a bougé. Vous avez dû tirer dessus comme une dératée !

— Pas du tout ! Y a pas plus doux que moi, hein, Jean-Mi ? D'ailleurs, quand je lui ai enfoncé ça dans le trou de balle il a adoré ! Devriez essayer, conseille-t-elle au patron en lui montrant le manche en bois. Ça vous mettrait de meilleure humeur.

— Ne faites pas attention, s'empresse de dire Josette. Ma mère n'a plus toute sa tête.

— J'espère pour elle, grommelle le gros.

— C'est ça, parce que je m'envoie en l'air avec un étalon on me traite de dingue. Pauv'cons, va ! Viens, Jean-Mi, on se casse. Bande de jaloux !

Elle le tire par le bras et ils sortent aussi dignement qu'ils sont rentrés. Princière, la vieille !

— Vous savez ce que ça coûte d'installer des nouveaux W-C ? grogne le patron.

— Pourquoi en mettre des nouveaux ? Y a qu'à les faire réparer, c'est tout, conclut Alfonse qui a tous les bouquins du Petit Bricoleur exposés sur son buffet.

— Parce que vous pensez qu'on trouve encore des ouvriers pour réparer quoi que ce soit, vous ? Dans quel monde vous vivez ? Ma femme a attendu un mois avant que le plombier vienne rafistoler le robinet de la cuisine. Aujourd'hui, on ne répare plus, on jette et on achète du nouveau.

— Ça, c'est vrai, admet la mémé qui a rappliqué sans son giton. Monsieur a raison. J'suis revenue parce que j'ai encore une petite faim. Le Kama-sutra, ça creuse…

Son abruti de beau-fils lui lance un regard incendiaire. *Elle peut pas se taire, la vieille ?*

— Conclusion : je vais devoir vous facturer la nouvelle cuvette, continue le patron.

— Quoi ??? fulmine Alfonse. Ça ne va pas, non ? C'est pas moi qui ai cassé la chasse. Et puis y a pas besoin de remplacer les waters pour ça.

— Si. Sinon ça fait dépareillé. Quant à vos histoires de famille, vous les réglerez entre vous. Que ce soit votre belle-mère qui paye la note ou vous, assure le taulier, c'est pareil. C'est pas mon problème d'où vient l'argent.

— Manquerait plus que ça que je raque, tiens, s'insurge la mémé. M'ont obligée à venir en vacances. Moi, je ne voulais pas. J'suis attachée à mon bled. Puis les voyages, ça me donne mal au cœur. J'étais bien tranquille dans ma caravane, là-bas. En plus, j'aime pas les touristes. Et j'aime pas la mer non plus. Ça me tape sur les nerfs. La preuve, fait-elle en montrant ce qui reste de la chasse d'eau.

— Bibiche, je t'avais dit de la laisser chez nous.

— Pour retrouver la maison cambriolée ? Non merci.

— Tout de suite, l'autre, là…, pérore la vieille. Faut voir le bon côté des choses. Ces petits gars vous ont débarrassés des merdes qui encombraient votre baraque. Vous auriez dû les remercier, je trouve. D'ailleurs, ils devraient venir faire un peu le ménage ici aussi, parce que je ne sais pas qui a pondu ces horreurs sur les murs !

— De quoi vous parlez ? gueule le gros.

Nouveau regard incendiaire du crétin de beau-fils. Mémé Cornemuse le toise sans broncher. C'est pas un péquenot qui va lui rabattre le caquet !

— Je parle de ces affreux tableaux avec des capsules.

— C'est moi l'artiste. Et c'est ma femme qui a crocheté les cadres. Quand on ne connaît rien à l'art, on s'abstient de faire des commentaires imbéciles.

Sentant le radeau faire naufrage, Josette tente de limiter les dégâts :

— Moi, je trouve ça très beau. Très… Comment dire ? Artistique. C'est spécial, hein, Chou ?

— Oui, oui, c'est très original ! approuve son faux cul de mari.

La mémé les observe, incrédule. Le patron se radoucit. Tout juste s'il ne se met pas à roucouler, ce balourd.

— Je vois que j'ai affaire à des connaisseurs.

— Chou, murmure Josette à l'oreille de son mari, demande-lui pour avoir une autre chambre. Vas-y, c'est le moment !

— Ah oui… Bien sûr, on voudrait une autre chambre parce que…

— Vous croyez quoi ? Tout est réservé. *Full !* Bon, c'est pas tout ça mais faudra me payer la réparation des cabinets. Ça peut pas rester comme ça, sinon le proprio va râler.

— Ah bon ? C'est pas vous le propriétaire ?

— Non, moi, je suis le patron. Le proprio, c'est M. de Vogel. Il possède plusieurs établissements, alors les caprices des clients, c'est pas lui qui gère. Comprenez ?

— Écoutez, je refuse de payer, parce que je ne m'estime pas responsable d'une installation vétuste qui aurait tôt ou tard rendu l'âme. Donnez-moi le téléphone du propriétaire pour que je règle le problème directement avec lui, assène Alfonse, fumasse.

— Pas besoin. Il vient justement faire son petit tour aujourd'hui. Vous avez de la chance ! J'suis sûr qu'il sera ravi de vous voir. Il adore bavarder avec les chieurs dans vot'genre.

Sur ce, le patron tourne les talons et quitte la salle. On l'entend crier dans le hall :

— Monsieur de Vogel ! Y a un client mal luné qui veut une fois causer avec vous.

Alfonse lève les yeux au ciel et, stupéfait, voit apparaître l'espèce d'orang-outang gominé « croisé » plus tôt avec son coupé sport.

Têtes piteuses d'Alfonse et de sa femme.

— Tiens, tiens… Comme on se retrouve ! Ça fait plaisir.

Alfonse se met à bafouiller :

— Ah oui ! Je…

— Vous vous connaissez ? s'étonne le patron

— Oui. Monsieur m'a dit des amabilités sur la route.

— Ah ?

— Il m'a traité de pédé.

— Je plaisantais, assure Alfonse en s'efforçant de sourire. Hein, Bibiche ?

— Évidemment, approuve Josette.

Voulant mettre de l'eau au moulin, la mémé ajoute :

— Nous, on aime bien les pédés... Hein, Steve ? lance-t-elle en regardant son petit-fils, qui n'entend rien vu qu'il a le walkman de sa frangine sur les oreilles.

Il a pas l'air d'une tafiole, avec ses pompons roses sur la tête, pense la vieille en se marrant.

— D'ailleurs, mon idéal féminin, c'est elle ! fait de Vogel en arborant son porte-clefs au bout duquel pend Pamela Anderson, plus pulpeuse que jamais.

— Pfff, c'est d'un ringard, murmure Lourdes.

— Qu'est-ce que vous voulez ? éructe de Vogel.

— C'est pour une réclamation, explique le patron, les bras croisés sur le bide comme un flic qui t'attend au tournant.

— Pas du tout, rectifie Alfonse. On voulait juste vous demander combien on vous doit pour la chasse d'eau. Ma belle-mère a tiré un peu fort dessus et...

Josette sourit au proprio et murmure en coin à son mari :

— Dégonflé.

— Je vais faire un devis et j'ajouterai la facture à la note, dit de Vogel.

— J'ai payé à l'avance la totalité du séjour et...

— Y a toujours des extras à régler avant de partir, affirme le gros.

— Oui. À ce sujet, enclenche Josette, l'annonce stipule bien « chambres avec vue sur la mer ». Et, de la nôtre du moins, on ne la voit pas.

— De la mienne non plus, ajoute la mémé. Mais c'est très bien. J'aime pas la mer.

Josette est d'autant plus remontée que son couillon de mari s'est aplati devant ces deux-là.

— J'appelle ça de la publicité mensongère et...

— Très bien, suivez-moi, ordonne de Vogel à sa cliente.

— Pendant ce temps-là, va chercher nos affaires de plage, décrète Josette en toisant sa carpette de mari. Rendez-vous dans le hall d'ici dix minutes avec les enfants.

Mais les moussaillons ne bronchent pas. Le sport et les vacances en famille, ça les gonfle grave.

— Moi j'bouge pas d'ici, annonce la mémé.

— On ne peut pas rester avec mémé ? implore Steven.

— Pas question ! L'air de la mer vous fera le plus grand bien.

— C'est pollué, assure la vieille.

Alfonse s'en veut de ne pas avoir tenu tête à la tantouze gominée. C'est sûr que sa femme va lui faire payer sa lâcheté. Finalement, il préférerait y aller tout seul, à la plage. Rien que lui et les méduses. Ces bestioles, ça pique, mais au moins, ça ne cause pas.

15

M. de Vogel a rejoint le parking de la pension de famille avec sa cliente. Malgré le paquet de gomina sur le crâne du proprio, le vent soulève une mèche de ses cheveux, ce qui a pour effet de faire fantasmer Josette l'espace d'un instant. Image furtive où elle croit entrevoir Ryan O'Neal dans *Love Story*, du temps où il avait encore des poils sur le caillou. De Vogel s'arrête soudain devant un miroir, identique aux rétroviseurs que l'on place dans les endroits dangereux pour repérer les voitures.

— Vous voyez quoi, là ? demande-t-il avec un accent bruxellois qui fait revenir Josette sur terre.

C'est pas Ryan O'Neal, ma fille, réveille-toi !

— Un miroir.

— Très bien. Et dedans, vous voyez quoi ?

Elle s'approche et plisse les yeux.

— J'ai pas mes lunettes.

— Évidemment. Dans ce cas, tenez, je vous prête les miennes, propose-t-il en sortant de sa poche une monture clinquante.

Josette les pose sur son nez, et le miracle a lieu. C'est pas la Vierge qu'elle aperçoit, mais la mer.

— Ah ! fait de Vogel, satisfait. Vous voyez que c'est pas de la publicité mensongère ! Vous vous postez à n'importe quelle fenêtre qui donne à l'arrière, vous regardez dans le miroir et vous voyez la mer !

Josette n'en revient pas. Un culot aussi monstrueux mériterait une médaille.

Maintenant qu'elle a vu la mer Josette est dans le *move*. Branle-bas de combat, tout le monde sur le pont. Casquette Eddy Merckx vissée sur le crâne, Alfonse et elle marchent dans les dunes, suivis des deux zigues, aussi motivés qu'une anguille sur le point de se faire bouffer par un cachalot. Chargés comme des baudets, ils trimbalent tout l'attirail du parfait vacancier : filets de pêche, pelle, serviettes, palmes, raquettes de badminton et frigo-box remplie de canettes de bière… Les ados soufflent comme des bœufs. On sent qu'ils n'en peuvent plus. Alfonse, lui, a retrouvé la patate. Les embruns, ça chasse les tracas. Il marque un arrêt et s'emplit les poumons.

— Respirez, moussaillons ! On inspire par le nez et on expire par la bouche. Rien de tel que l'iode ! Ça soigne même la tuberculose.

Les ados se regardent, peu convaincus par les prouesses sportives de leur père qui arbore un abcès de comptoir.

— Tu te souviens de l'année où mémé a gagné un voyage à la montagne pour toute la famille ? Le père nous disait la même chose là-bas, murmure Steven à sa sœur.

— Oui ! On était dans une carriole avec un canasson qui n'arrêtait pas de lâcher des caisses !

Ils se marrent.

— C'est encore loin, la mer ? grinche Josette. Je fatigue, là…

— On y arrive, on y arrive. Allez, en route !

Encouragé par des relents de scoutisme, à l'époque héroïque où il exhibait fièrement sa tenue de Robin des Bois bien qu'il ne soit jamais allé plus loin que la forêt de

Soignes, à l'entrée de Bruxelles, il se met à chanter : *Un kilomètre à pied, ça use, ça use ! / Un kilomètre à pied, ça use les souliers...*

Loin d'insuffler du courage à sa troupe, Alfonse ne réussit qu'à l'éloigner davantage. C'est sûr que même à la *Star Ac'*, il se ferait recaler au premier tour...

16

Armée de son cabas et suivie par son chevalier servant traînant la patte, mémé Cornemuse se dirige vers sa caravane. Arrivée devant la porte, elle trébuche sur son narguilé. Elle le ramasse en grognant.

— Ce coup-là, c'est encore mon crétin de beau-fils !

— Quand même, dit Jean-Mi, on devrait aller à la police pour expliquer ce qui s'est passé. Que c'était un accident et que...

— Ça va pas, non ? Pauvre taré, t'as rien compris ! Je t'ai déjà expliqué que si tu parles aux flics on a les deux pieds dans la merde.

— Vous, peut-être, mais pas moi. Et puis comment vais-je expliquer tout ça à mon entourage ? Sans oublier que je risque de perdre mon boulot !

— Entre, ordonne la vieille, on va réfléchir à l'intérieur. *Hé, hé...*

Elle installe confortablement le Jean-Mi sur la banquette berbère recouverte de coussins clinquants en soie garnis de petits miroirs pour éloigner les mauvais esprits. Puis elle lui concocte un breuvage de son cru avec des herbes de Katmandou et du vermouth, avant de préparer le narguilé.

— Après ça, on y verra plus clair, déclare-t-elle.

Pendant ce temps, les Destrooper sont installés avec tout leur brol. Le coupe-vent est planté et Josette bronze sur un tatami. Elle porte son grand chapeau et son maillot à rayures, celui qui amincit. Les ados sont partis barboter dans les vagues. Alfonse, lui, s'esquinte à gonfler son matelas pneumatique avec une pompe qui ne marche pas. Il peste et flanque un coup de pied dans le bazar.

— Quelle saleté !

— T'as qu'à prendre un drap de bain, décrète son épouse.

— Ça, c'est bien toi ! Dès qu'il y a une difficulté à surmonter, tu renonces. On voit ce que ça a donné avec tes enfants. Des bons à rien, des glandeurs, oui !

— Quand on baisse son froc devant un mec qui veut vous arnaquer, on ne donne pas de leçons de morale aux autres.

Et toc ! Là-dessus, Josette enfonce son chapeau sur ses yeux. Histoire de se calmer les nerfs, Alfonse se met à souffler avec entrain dans la pipette du matelas. Un peu plus loin, Lourdes et son frère font trempette. Steven a sa caméra avec lui.

— Où t'as planqué le film avec le motard ? s'inquiète soudain sa sœur.

— Te bile pas, je l'ai caché au-dessus de l'armoire de notre chambre.

— T'as pas peur que la femme de ménage le trouve ?

— À part faire les lits, ça doit pas être le genre de la maison de traquer la poussière, assure Steven.

Soudain, les ados aperçoivent une femme en train d'exécuter quelques brasses. Elle s'arrête, puis reprend son souffle avant de continuer à nager. Steven et sa sœur se regardent d'un air complice. Au moment où la sirène en maillot fluo s'approche de Lourdes, celle-ci plonge sous l'eau tandis que son frangin commence à filmer. La nageuse disparaît subitement en agitant les bras, remonte à la surface et disparaît de nouveau. Steven ne rate rien de la scène et continue de prendre des images, l'air content. Puis il retourne vers la plage suivi de sa frangine, laissant la victime, éberluée, qui est remontée à la surface et se demande toujours ce qu'il lui est arrivé. Lourdes s'affale sur le sable et ânonne la scène en mimant le clap : « Séquence noyade ».

Pendant ce temps, Josette ronfle sous son chapeau. Assis sur un drap de bain, Alfonse termine de s'enduire de crème solaire et s'allonge, l'air satisfait. Soudain, une pelletée de sable provenant de derrière le coupe-vent vient atterrir sur son gros ventre. Il sursaute, se met à jurer, puis se lève d'un bond pour aller voir d'où ça vient. Josette ronfle toujours. Il aperçoit alors une gamine vêtue d'un petit maillot à volants en train de creuser un trou avec sa pelle. Elle continue à balancer du sable par-dessus le coupe-vent sans se soucier de rien.

— Te gêne pas ! Vas-y seulement ! lui crie Alfonse encore plein de sable.

Mais la petite pimbêche le nargue sans s'arrêter de creuser. Et hop, une pelletée de l'autre côté ! Furax, Alfonse lui arrache son jouet et le balance plus loin. En tombant, la pelle s'est détachée du manche. La gamine se met à pousser des hurlements. Aussitôt, une grosse femme affalée dans son transat s'en extirpe péniblement et rapplique avec la délicatesse d'un pachyderme, faisant voler le sable autour d'elle, tel Lawrence d'Arabie galopant sur son chameau.

— Qu'est-ce qu'il y a, mon trésor ?

La peste continue à pousser des hurlements. Prête à mordre, sa mère toise Alfonse.

— Qu'est-ce qu'il t'a fait le vilain monsieur, hein ?

— Y... Y m'a cassé ma pelle !

— D'abord, je l'ai juste déposée un peu plus loin, se défend l'accusé, et la pelle s'est détachée du manche toute seule. Si vous achetez des jouets bon marché à votre gosse, j'y peux rien.

— C'est honteux de priver un enfant du plaisir de s'amuser !

— Je ne l'empêche pas de s'amuser, mais elle m'a balancé du sable sur le corps.

— Si vous n'aimez pas le sable faut pas venir à la mer. N'avez qu'à aller dans les Ardennes.

— Y m'a fait des gros yeux, pleurniche la princesse à sa môman.

— N'importe quoi, râle Alfonse. D'abord, pourquoi elle vient creuser ici ? Pourquoi le petit trésor ne va pas creuser près du transat de sa maman ? Hein ?

— Parce qu'elle va où elle veut, répond la mère. La plage est à tout le monde. Vous avez payé votre mètre carré de plage ? Non. Alors si ça vous plaît pas, allez vous installer ailleurs. Sur les rochers, y a pas de sable.

— Mais je rêve ! Manquerait plus que ça, que je doive bouger, tiens !

— Eh bien elle non plus elle ne bougera pas. Continue ton trou, ma poupée d'amour. Le monsieur va aller t'acheter une nouvelle pelle.

— Quoi ??? Ça va pas la tête ? Votre sale gamine vient me pourrir mon bronzage et je devrais en plus lui racheter une pelle ?

— Pfff… Y a même pas de soleil, lance la grosse femme.

— Ici, on bronze derrière les nuages, s'insurge Alfonse.

— Viens, trésor, maman va t'acheter une pelle toute neuve.

La grosse au maillot à pois rouges tire sa progéniture par la main tout en lançant un regard noir au vilain pas beau qu'elle traite de sans-cœur, de sadique et de frustré.

Soudain, la petite peste se retourne et tire la langue à Alfonse. Sidéré, il repart se coucher sur son drap de bain.

Josette ronfle de plus belle. Il regarde le ciel, dépité, et pense que la vie est un cadeau empoisonné. Même en vacances. Comme si, de là-haut, un ange farceur avait entendu ses pensées, une balle de tennis rebondit sur son bide. Hors de lui, le malchanceux vacancier se redresse, rouge de colère.

— Ah, non ! Ras le bol !

Un jeune homme apparaît, une raquette à la main.

— *Excuseer, meneer*[1]...

— Et il est flamand, en plus, le lanceur de roquettes ! Déjà qu'ils nous pourrissent la vie en voulant se débarrasser de nous... Faudrait quand même pas qu'ils viennent par-dessus le marché nous gâcher les vacances !

Et il lance la balle au loin.

— *Well bedankt*[2] ! lui répond le sportif avant de partir en courant.

— C'est ça ! Cours chercher la baballe... C'est qu'il a l'air content, ce morpion.

Au loin, il voit la gamine rappliquer avec sa nouvelle pelle. Elle se dirige vers son trou. Tête d'Alfonse qui se dit qu'il y a des jours où il vaudrait mieux rester enfermé chez soi. Réveillée par tout ce raffut, Josette ronchonne.

— En tout cas, moi, déclare-t-elle, l'année prochaine je vais à la Costa Brava. Paraît que les Hallyday ont un yacht là-bas.

— Josette, soupire Alfonse, arrête de tirer des plans sur la commode.

---

1. Excusez-moi, monsieur.
2. Merci beaucoup.

17

Il fait nuit. Une Mercedes s'approche des Mouettes rieuses. L'homme au volant n'a rien d'un propriétaire de bagnole de luxe. Il porte une casquette Vers l'Avenir[1], une chemise à carreaux, des lunettes noires et un short. Une femme du genre vulgaire, minijupe en cuir et maquillée comme un camion, est assise à côté de lui, un bras autour du cou du conducteur.

— Tu m'avais dit qu'on irait dans un palace, gémit la pute.

— Plus tard. Pour l'instant, vaut mieux rester discrets. À cause de ma femme, tu comprends.

— N'importe quoi !

— Tu ne la connais pas. Elle est capable de me faire suivre par un détective.

— T'as qu'à divorcer !

— Impossible. C'est elle qui a tout le pognon. Sans ça, je serais sur la paille et on roulerait en 2 CV. Je lui ai dit que je partais en séminaire pour le boulot. Et puis tu verras, cet endroit est charmant. J'ai rencontré le boss dans un bistrot y a pas longtemps. On a bu un coup ensemble et il m'a filé

---

1. Journal quotidien belge.

l'adresse de la pension. Il a même pris les réservations pour nous. C'est pas top, ça ?

— Mmm…

— Allez, tire pas cette tête-là ! Regarde ! dit-il tout joyeux en extirpant un objet de sa poche, j'ai retrouvé ton GSM ! Je voulais te faire la surprise à notre arrivée.

— Oh ! s'exclame la passagère, c'est dingue, dis ! Comment t'as fait ? J'comprends pas. Quand le motard me l'a piqué au feu rouge, il est parti comme un spoutnik. Tu l'as retrouvé où ?

— Je suis magicien.

Tu parles ! T'es surtout un beau baratineur, pense Carmella. Elle observe la façade lézardée de la pension d'un air découragé et s'en veut d'avoir suivi ce cave pour quelques biffetons. Faut dire qu'avec son âge avancé, même si elle a encore une belle carrosserie, les princes ne se bousculent plus au portillon. Faute de grives, on suce des merles.

— Au fait, j'connais même pas ton prénom !

— T'as qu'à m'appeler Biloute.

— C'est con comme prénom !

— Tu préfères Roger ?

— Non, ça ira…

Biloute se gare dans le parking, près de la caravane.

18

Le jour suivant, dès potron-minet, Alfonse et Josette sont assis loin de la plage, sur le brise-lames. À quelques mètres de là, Steven filme les mouettes pendant que sa sœur peste contre son MP3 qui crachouille un son pourri.

— J'te comprends pas, grogne Josette à son mari, qui bougonne dans son coin. On était mieux là-bas, sur le sable !

Pendant ce temps, de Vogel s'est installé à la terrasse d'un bistrot et lit son journal devant un café-crème. En première page : « Un dangereux prisonnier s'est évadé de la prison de Saint-Gilles, près de Bruxelles. Arrêté il y a dix ans pour avoir dépecé son voisin parce que le bruit de sa tondeuse à gazon l'empêchait de dormir, il avait été condamné à perpétuité. Précisons que la police avait découvert dans son congélateur des bras et des jambes n'appartenant pas à la victime mais à d'autres personnes du voisinage qui avaient mystérieusement disparu, et que ces affaires n'avaient jamais été élucidées. Après avoir retourné tout le terrain autour de la maison, la police avait fini par retrouver les corps – ou du moins ce qu'il en restait – sous une dalle de béton. À la question de savoir pourquoi l'assassin avait gardé les membres de ses victimes au frais, il avait répondu qu'il faisait des provisions pour l'hiver… »

Une photo montre la tronche d'un gars au crâne rasé, au visage assez émacié et au regard allumé. De Vogel a du mal à avaler son café. Il lui semble avoir vu ce type quelque part…

Visiblement exténués, les Destrooper ont décidé de rentrer. Ils s'approchent de la pension avec leur barda.

— Demain, on y va en voiture, décrète Josette.

— Ah oui ? Et où on va se garer avec tous ces touristes ?

— Comment est-ce possible d'être toujours aussi pessimiste ! On n'est quand même pas sur la Côte d'Azur !

— Nous, demain, on ne vient pas, déclare leur fille.

— Comment ça, vous ne venez pas ? s'énerve Alfonse. Et vous allez faire quoi ? Hein ?

— J'ai pris mon ordi. Je vais commencer à monter mon film, explique Steven.

— Qu'est-ce qu'il a dit ? J'ai bien entendu ? On lui paie des vacances à la mer et ils veulent rester à l'hôtel devant un putain d'ordinateur !

— J'ouvrirai la fenêtre pour respirer l'air du large.

— Non mais, t'as entendu, Bibiche ? Pince-moi ! Dis-moi que je fais un cauchemar !

— Faut pas en faire un fromage. Pour une fois que les enfants ont envie de travailler…

— Ah ! Parce que t'appelles ça travailler, toi ?

Cherchant à créer une diversion, Josette fait remarquer qu'il y a de la lumière dans la casbah de la mémé et propose d'aller lui souhaiter bonne nuit.

— Vas-y toute seule. Moi, je vais me coucher. Suis crevé !

Steven et Lourdes suivent leur mère jusqu'à la caravane. Josette frappe un bon coup sur la porte.

— Elle est un peu sourde, explique-t-elle.

— C'est quoi, ce vacarme ? hurle la vieille en passant sa tête à la fenêtre. Ah, c'est toi ? Défonce la porte, tant que t'y es !

— On peut entrer ?

— Non, j'suis occupée.

— Tu es avec Di Caprio ? se moque Lourdes.

— Non. Il est parti faire un tour dans les dunes, lâche la mémé.

— J'espère que tu n'as pas l'intention de le ramener à la maison, fait Josette.

— D'abord, j'invite qui je veux dans ma caravane. C'est pas tes oignons. C'est ma vie, pas la tienne, ma fille.

— Quand même, maman, à ton âge...

— Occupe-toi de ton cul et fiche-moi la paix. Allez, ouste ! J'en ai marre des moralisateurs. Et des moqueurs, précise-t-elle en toisant Lourdes. Puis j'ai pas le temps. J'ai du boulot. Allez, bye-bye !

Et elle referme sa fenêtre avec fracas, laissant les autres dépités sur le pas de sa porte. C'est vrai qu'elle a du boulot. Faut qu'elle réfléchisse à ce qu'elle va faire du Jean-Mi. Pour l'heure, il est complètement stone.

Avec de gros efforts, elle parvient à le hisser dans le casier en bois sous la banquette. Petit problème, la paluche gauche du gaillard ne rentre pas dedans. Elle a beau pousser comme une dingue avec son pied, pas moyen de la fourrer dans le trou. Elle le pince un bon coup. Pas de réaction. Il en tient une couche. Soudain, il lui vient une idée de génie ! Elle ouvre le tiroir de sa kitchenette et en extirpe un couteau de boucher. Et là, d'un geste de bûcheron, *vlan !* elle lui tranche la main. Ça sert, de prendre des vitamines. Hé, hé... Pas un seul gémissement. Elle se demande s'il n'est pas mort, tout compte fait ! Palpe son pouls. Ne sent rien. Son cœur a peut-être lâché... Ou alors il est grave dans les compotes. Et si jamais il se réveillait ? La vieille a un sursaut d'humanité, parce qu'on n'est pas des bêtes, quand même ! Elle décide alors de planquer la main dans le frigo, au cas où le Jean-Mi reviendrait à lui. On pourrait toujours lui recoudre. Elle a une boîte à ouvrage avec tout ce qu'il faut pour réparer ses petites loques. Ça devrait suffire.

Après avoir refermé la banquette, elle se met à nettoyer le sang qui a giclé sur sa carpette. En vain ! Y a plus qu'à la jeter. Pas grave, elle est bouffée par les mites. Après tout ça, elle a bien mérité un verre. Elle vide la bouteille de Dubonnet, et hop, le p'tit Jésus dans le gosier. Bon, il en a bien pour quelques heures, le croupion. Avec un peu de chance, il est mort. Mais si c'est pas le cas, cette andouille risque d'aller chez les flics raconter tout ce qui s'est passé. Et ça, pas question de le laisser faire ! Dès que tu mets les pieds dans le poulailler, tu marches sur des œufs et t'es soupçonné. D'office. Surtout si t'y vas pour dire que tu as vu quelqu'un commettre un meurtre. Là, t'es pas sorti de l'auberge. Et mémé Cornemuse n'a plus l'âge de jouer à ça. Alors va falloir trouver une solution.

19

Le lendemain matin, aux Mouettes rieuses, installés à la table du petit déjeuner devant leurs tasses vides, Josette et son mari attendent qu'on vienne les servir. La patronne déboule avec sur le plateau du pain et une cafetière.

— Ah, s'exclame la maîtresse des lieux, on s'est levé à l'heure pour une fois ! Et les autres, y déjeunent pas ?

— Chou, va réveiller les enfants…

— Et quoi encore ? s'insurge Alfonse. Z'ont qu'à mettre leur réveil. Tu les couves trop.

— Je sers un café à la vieille dame ? demande la patronne.

— Ça m'étonnerait ! dit Josette.

— C'est vrai qu'à cet âge-là, ils dorment beaucoup.

Josette plonge son nez dans sa tasse.

— Maman ! Maman ! Regarde, là-bas, le vilain monsieur ! s'écrie une gamine au fond de la salle.

Alfonse sursaute en voyant entrer la grosse femme et sa princesse de mes fesses qui lui a jeté du sable sur la plage.

La patronne se retourne. Deux autres clients assis plus loin observent la scène.

— Zut ! La chieuse et son hippopotame…

— Qu'est-ce qui se passe ? Tu les connais, Chou ?

— Elle m'a jeté du sable à la plage.

— C'est lui qui a cassé ma pelle, tu te souviens, maman ? continue la petite peste.

— Oui, mon trésor, c'est un très méchant monsieur.

Josette lance un regard noir à son mari.

— Quoi ??? T'as fait ça ?

— Non ! C'est elle qui...

— J'en reviens pas ! C'est une petite fille ! Tu te rends compte ?

— C'est un monstre, oui !

La fillette lâche la main de sa mère et s'approche de la table d'Alfonse en le narguant.

— Et ma maman elle m'a acheté une nouvelle pelle ! Et tu l'auras pas, na !

Alfonse profite du fait qu'il est un peu en retrait pour lui tirer la langue. Outrée, la punaise se précipite dans les bras de sa mère en geignant.

— Oh ! maman, maman ! Le vilain monsieur y m'a tiré la langue...

Incrédule, Josette se tourne vers son mari qui a pris un air angélique.

— Même pas vrai !

— Viens, ma coccinelle, fait la grosse femme en entraînant sa fille loin de la table des affreux. Faut pas s'asseoir près des gens mal élevés.

— Je ne te reconnais pas, s'offusque Josette en toisant son mari. À croire que l'air de la mer te donne de drôles d'idées...

— Pourquoi tu dis ça ?

— Pour rien.

Pensive, elle détourne son regard vers la fenêtre. Elle aperçoit la casbah de la mémé sur le parking. Souvent, elle a eu envie de partir à l'aventure, de parcourir les grands espaces, seule dans une caravane tirée par le cheval blanc du prince charmant. Un beau brun qui aurait ressemblé à Steven Seagal ou à Johnny Depp. À la place de ça, elle a épousé Alfonse, avec son abcès de comptoir et ses trois poils sur le caillou. C'est sûr qu'elle ne ressemblait pas à Vanessa Paradis à l'époque... Elle n'avait pas les dents du bonheur.

20

Il pleut. La plage est déserte. Josette est assise face à la mer sous un parapluie. Seule. Elle se retourne et scrute l'horizon. Pas d'Alfonse.

— Qu'est-ce qu'il fabrique ? soupire-t-elle.

Soudain, son portable sonne. Elle décroche.

— Oui ? Ah, c'est toi ! Mais qu'est-ce que tu fiches ? Ça fait une heure que je me gèle sur le sable. En plus, y a pas un chat !

Alfonse hurle, au point que Josette doit éloigner son téléphone de l'oreille.

— Qu'est-ce que je fiche ? T'en as, un de ces toupets ! C'est toi qui voulais prendre la voiture. Parce que Mme la baronne ne veut pas marcher… Ça fait des plombes que je tourne en rond pour trouver une place, figure-toi. Pendant que Madame respire l'iode, moi je me remplis les poumons avec les gaz des pots d'échappement.

— D'abord, cesse de gueuler, j'suis pas sourde. Ensuite, c'est pas ma faute si ton grand ami Georges t'a conseillé un établissement pourri avec vue sur un parking, et qui en plus est à des kilomètres de la mer.

Elle raccroche. Le portable sonne à nouveau. Elle ne décroche pas et continue à fixer la mer, stoïque.

Les ados, eux, sont restés dans leur chambre qui donne sur l'arrière de la pension. Leur fenêtre est ouverte. Ils entendent de la musique rock qui provient de la caravane de la mémé. Assis sur le lit, ils fixent l'écran de l'ordinateur et se marrent.

— Hé ! T'as vu la meuf qui se débat dans la flotte ? Ça cartonne ! jubile Steven.

— C'est un truc de ouf, mec !

On frappe à la porte.

— C'est qui ?

— C'est la femme de ménage, annonce une voix jeune.

— On n'a besoin de rien, lance Lourdes.

— Mais je dois faire les lits…

Les ados se regardent en souriant.

— Entrez ! font-ils en chœur.

Pendant ce temps, sur la plage, Alfonse et sa moitié sont assis côté à côte sous le parapluie, face à la mer. Il pleut toujours mais Josette s'est obstinée à garder son grand chapeau de paille. Ils portent tous les deux un maillot et une petite laine sur les épaules. Pour se distraire, elle croque des spéculoos [1].

— À la météo, ils avaient dit qu'il y aurait du soleil, gémit Josette.

— La météo, c'est comme les politiciens. Tous des menteurs.

— C'est quand même beau la mer, hein ?

— Oui. Ça bouge.

— Elle est loin la voiture, Chou ?

— À Zeebrugge.

— Quoi ??? Tu plaisantes, j'espère !

---

1. Biscuits à la cassonade et au beurre, aromatisés à la cannelle. Ils représentent souvent des figures de saint Nicolas.

— Oui… Enfin, elle n'est pas tout près.

— Dis, Chou…

— Oui ?

— Demain, s'il fait encore ce temps de merde, on ne pourrait pas prévoir quelque chose ?

— Qu'est-ce qu'il y a à foutre ici à part aller visiter un bunker, Bibiche ?

— Certes…

Pensive, Josette regarde un bateau s'éloigner à l'horizon. Elle rêve à nouveau de partir à l'aventure, de traverser les océans avec Di Caprio sur le *Titanic*. Et tant pis s'il coule. Vaut mieux faire naufrage avec Leonardo que de rester le cul sur la plage avec un péquenot.

21

Loin de la mer et de ses tourments, dans la chambre des chérubins, la femme de ménage est à poil, attachée sur le lit et bâillonnée. Elle gigote pendant que Steven la filme.

Dans la caravane, c'est l'effervescence… La mémé a sorti une grosse boule de cristal de son cabas et l'a installée sur la table ronde. Elle est déguisée en cartomancienne, jupe gitane, foulard rose indien et bagouzes en toc avec bracelets marquise des Anges. À l'intérieur de la roulotte, elle a suspendu des breloques partout. Les fenêtres sont occultées par un tissu rouge, un foulard est posé sur l'abat-jour. Pour l'instant, la vieille s'exerce : « Esprit, es-tu là ? » Mais elle ne voit que du verre dans la boule. Elle s'énerve : *Est-ce que tu vas rappliquer, imbécile d'ectoplasme ?* Depuis une chute de tabouret quand elle était petite, elle est persuadée qu'elle peut recevoir des messages de l'au-delà. Seulement voilà, ça fait un bail qu'elle n'a plus rien vu dans sa boule. Exactement depuis le jour où elle a dévalé l'escalier, il y a trois ans. Faut dire qu'elle avait éclusé une bouteille de pékèt appartenant à son crétin de beau-fils, et qu'en voulant aller en chercher une autre à la cave, vlan ! En fait, il lui faudrait une bonne secousse pour retrouver ses dons de voyance.

Elle s'acharne, cependant. « Esprit, es-tu là ? » Soudain, un bruit dans le placard la fait sursauter. « Ça y est ! Il m'a entendue… », jubile-t-elle, avant de se rendre compte que c'est cet enfoiré de Jean-Mi qui sort de son coma éthylique. « Ah, il va pas venir m'emmerder, celui-là ! » Ni une ni deux, elle se précipite vers la banquette, la soulève et flanque un grand coup de casserole sur la tête du naze. C'est qu'elle a encore de l'énergie, la mémé ! N'empêche qu'il va falloir trouver une solution. Et rapidement !

Au même moment, les Destrooper décident de lever le camp. Ras le bol de la pluie…

— C'est bien la peine de venir en voiture si c'est pour se taper autant de kilomètres à pied pour retourner à la pension ! maugrée Josette qui en a marre de trimbaler tout leur barda sur la plage.

— Tu n'es jamais contente ! Qui a tourné en rond pendant une heure pour trouver une place ? Tout ça pendant que Madame se pavanait à la plage avec son chapeau de paille alors qu'il drache !

— La vendeuse m'a dit qu'il pouvait attirer le soleil.

— C'est ça ! Et mon caleçon de bain il attire les sirènes, peut-être ?

— J'en suis pas sûre…, murmure Josette.

— Allez, on rentre. De toute manière, je n'aime pas laisser les ados seuls trop longtemps. Me méfie…

Ils sont toujours dans leur chambre, les ados. Dos à la fenêtre ouverte, ils fument une clope tout en discutant.

— Tu crois que la femme de ménage va nous chercher des poux ? s'inquiète soudain Lourdes.

— Mais non, assure Steven. Elle est bien trop fière de se retrouver dans un film.

— Ouais… Avec tout ça, elle est partie sans faire les lits.

— Qu'est-ce qu'on s'en fout !

— T'as raison, Steve ! Le meurtre du motard me tracasse bien plus que toutes ces conneries.

— Moi, je suis soulagé que notre père ne soit pas un assassin.

— Moi aussi, lui avoue-t-elle.

— Alors qu'est-ce qui te fait flipper ?

— J'ai pensé à un truc cette nuit... Les flics qui ont découvert le cadavre ont dû en même temps trouver le portefeuille de la mère... Avec ses papiers dedans ! Et comme elle n'est pas allée déposer plainte, ils vont trouver ça suspect. Non ?

— Mmm... À supposer qu'ils soient passés chez nous. Tu connais la mère, elle a dû claironner à tout le voisinage qu'elle partait en vacances dans un palace sur la Costa Brava. Ils ne sont pas près de nous retrouver...

— T'as raison ! Je flippe pour rien.

— Eh, regarde ! s'écrie Steven. T'as vu ce que mémé a accroché sur sa caravane ? J'le crois pas !

Une grande pancarte trône sur le toit. Dessus, écrit en grosses lettres :

MADAME DES ASTRES
VOYANTE SUPER-LUCIDE.

22

Biloute est content. Il a tringlé la jupette qui, de son côté, a feint de pousser un soupir de satisfaction. Un bon coup de trique de temps en temps suffit à son bonheur, et basta. Pas de chichis. Les femmes, c'est que des emmerdes dès que tu t'y attaches. Faut juste les utiliser par hygiène. Toute façon, t'as beau leur faire de grands discours, elles finissent toujours par se tirer avec un qui a une grosse queue. Pour ça que Biloute en prend soin, de ses parties privées... Pas une nuit sans qu'il astique Bébert. Et ça donne des biceps. Il n'est pas difficile comme garçon. Il aime tout. À défaut de pouliche il se tape des poupées gonflables. Ça, c'est chouette. Ça cause pas. Bon, des fois ça se dégonfle... Mais avec une bonne rustine, ça reprend vigueur.

La pute qui roupille dans le plumard, il ne sait même plus son nom. Mais il s'en fout. Paulette ou Ginette, c'est kif-kif bourricot. De toute manière elle ne sait rien de lui non plus. Elle pense qu'il vit aux crochets d'une riche héritière et c'est très bien comme ça. Tu parles ! Sa bagnole, il l'a piquée. Une chance qu'il ait trouvé un portefeuille bien garni dans le blouson du motard ! Y a un Bon Dieu pour les tueurs...

Si sa mère ne les avait pas abandonnés quand ils étaient petits, son frère et lui, il se demande s'il n'aurait pas vu les femmes autrement. La salope les a laissés avec leur père qui éclusait pire qu'une pompe à purin. Lui, ses jouets, c'étaient des vidanges [1]. Un cadavre de beaujolais ça lui faisait un navire pour l'Amérique. Et le bouchon une navette spatiale pour Mars. La mère, elle le savait que son imbécile de mari flirtait avec les vignes du Seigneur. Elle les a laissés quand même et s'est tirée avec un chauffeur de poids lourds. Un qui passait un soir, comme ça, sur la route. Elle en avait sa claque de ses mômes et de sa petite vie de mite au fond de sa cuisine. Elle a enlevé son tablier, l'a posé sur la table et s'est cassée sans même aller embrasser ses petits. Ou alors il ne s'en souvient pas. Il préfère cette version-là. C'est ça, il devait dormir à poings fermés. Le père était au bistrot, comme d'hab. Elle est partie sans un mot. Enfin, c'est ce que le paternel leur a raconté. « Une salope, votre mère. Une moins que rien. Après tout ce que j'ai fait pour elle. Raclure ! »

Pendant longtemps, Biloute a dormi avec le tablier de sa mère. Il le roulait en boule sous son oreiller. Jusqu'à ce qu'il ait senti le moisi. Plus exactement, jusqu'à ce que le gamin ait perdu tout espoir qu'elle revienne. Puis son petit frère est mort. Écrasé par son père qui, beurré, a reculé la voiture dans la cour sans voir que le gamin jouait devant le garage. C'était un accident, qu'il a dit : « C'est pas ma faute si ce crétin de gosse jouait là alors qu'il y avait toute la place ailleurs. » Pourtant, à son enterrement, il a chialé. Il était branque et pochetron mais il était pas mauvais, le père. C'est juste qu'il n'avait pas reçu d'amour lui non plus. Ni de sa mère, ni de sa femme. Sa daronne, elle l'avait jeté dans une poubelle dès la naissance. Même pas une période d'essai. Rien. C'est un clodo qui l'a trouvé et l'a déposé devant une église. Il a grandi dans un orphelinat. Tu peux pas avoir tout juste quand t'as pas d'amour.

---

1. Cadavres de bouteilles.

23

Le long de la digue, les Destrooper pédalent sur un *cuistax*[1], avec toute leur panoplie de plagistes accrochée au siège arrière.

— Pédale, Bibiche, pédale ! l'encourage Alfonse.

Josette est essoufflée. Elle n'en peut plus.

— C'est encore loin ?

— On y est presque.

— Ça fait une demi-heure que tu dis ça ! Là, j'en ai marre ! J'en peux plus. Tu parles de vacances reposantes...

— En attendant, tu respires l'iode, Bibiche. C'est bon pour tes poumons.

— Dis... On n'est pas déjà passés ici, tantôt ? demande Josette en regardant le vélodrome d'un air suspicieux.

— Mais non !

— Mais si ! Même que tu m'as dit que tu voulais revenir pour montrer le vélodrome aux ados et les inciter à faire du sport...

Son mari prend son air le plus innocent.

— J'ai dit ça, moi ?

Josette s'arrête net de pédaler.

— Toi, tu ne sais plus où tu as garé la voiture... Avoue !

_____

1. Engin à pédales que l'on voit couramment sur les plages de la mer du Nord.

105

— Mais si ! On va la retrouver...

— Et quand on l'aura retrouvée, à supposer qu'on y arrive, qu'est-ce qu'on va faire du cuistax ? Hein, couillon ?

— Ben, tu iras le ramener et moi je te suivrai avec la bagnole.

— Quoi ??? éructe Josette. Et tu crois vraiment que je vais me taper tout le trajet en sens inverse et pédaler comme une dératée ?

— Qui c'est qui a voulu prendre un cuistax, hein ? Allez, pédale Bibiche, pédale...

Là-haut, dans le ciel, les mouettes poussent de drôles de cris. On dirait qu'elles se marrent.

24

Les ados sont installés autour de la table, face à la mémé qui scrute l'avenir dans sa boule de cristal. Faut qu'elle s'exerce pour retrouver son don. Alors elle leur a demandé de servir de cobayes. Et de leur amener un petit pétard par la même occasion. Elle prétend que ça attire les esprits.

Elle a brûlé de l'encens et mis des bougies partout. Faut ce qu'il faut. Elle a aussi sorti l'artillerie et enfilé ses bracelets de bohémienne. Elle se concentre un moment sur sa boule.

— J'vois rien ! fait-elle, dépitée. Faudrait que je change de lunettes… Je vais sortir mon jeu de tarots.

Elle bat les cartes, fait couper Lourdes de la main gauche et demande à Steven d'en tirer quatre.

— Sur vous, la Maison Dieu, avec ses bonshommes qui tombent de la tour décapitée par la colère divine ! Pas bon… Ça signifie que vous avez tendance à agir sans réfléchir. Faut faire gaffe. En face, la Papesse. Vous cachez quelque chose, vous deux ! Un secret dangereux car il y a le diable au-dessus…

Les ados se regardent sans rien dire. La mémé lève la tête, ils lui sourient d'un air parfaitement innocent, mais elle n'est pas dupe !

— Aïe ! Il y a la Mort, en dessous. Sale jeu ! Je ne sais pas dans quoi vous vous êtes fourrés, mais vous devez être très très prudents.

Elle compte la somme des chiffres inscrits au-dessus des quatre cartes. Elle arrive à un total de dix : la Roue de Fortune.

— Ouf ! soupire-t-elle. Mais c'est pas gagné ! Vous vous en sortirez si vous faites le bon choix. Ce sera quitte ou double.

— Ça veut dire quoi, le bon choix ? demande Steven.

— Vous seuls trouverez la réponse. Mais je vous le répète, vous vous êtes fourrés dans de sales draps et il va falloir être très vigilants si vous ne voulez pas que ça vire au drame, conseille-t-elle en tirant discrètement une carte par-dessus celle du milieu.

Le Pendu. Mais elle préfère ne pas leur en parler. Annoncer des malheurs les attire...

— Tu demandes combien pour les séances ? s'enquiert Lourdes.

— C'est à la tête du client. Pour vous, c'est gratuit.

— Merci, mémé ! s'exclament les ados en chœur.

Ils l'embrassent et s'en vont. Elle les sent un peu secoués, mais les avertir d'un danger est son devoir. Songeuse, elle fixe sa boule de cristal. Quand, soudain, elle la voit se remplir de rouge. Comme le sang.

25

Beaucoup plus tard dans la soirée, la voiture des Destrooper arrive enfin sur le parking des Mouettes rieuses. Dans la roulotte de mémé Cornemuse, c'est sons et lumières, comme à Versailles. Une moto est garée devant.

— Tiens, ta mère a de la visite !

Josette ne répond pas. Elle fait la tronche.

Alfonse la regarde, perplexe.

— Tu boudes encore ?

— Après m'être esquinté les mollets à pédaler comme une malade pour retrouver la bagnole que tu avais finalement garée derrière la rue où se trouve le loueur de cuistax... Et tu voudrais que je sois de bonne humeur ?

— J'y peux rien si tous les noms des rues sont en flamand !

— T'avais qu'à noter sur un papier.

— J'en avais pas. Et puis tu me casses les roustons avec tes reproches. Dernière fois que je prends la voiture pour aller à la plage. Demain, on y va à pied.

— *Tu* y vas à pied. Parce que *moi*, je reste ici. Toute façon, le temps est pourri.

— Très bien !

Il sort de la voiture et claque sa portière. Josette fait de même. Bonjour l'ambiance ! Soudain, elle reste en arrêt devant la pancarte qui surplombe la caravane de sa mère.

— Chou ! s'écrie-t-elle, abasourdie.

Mais Alfonse a les boules.

— Y a plus de Chou ! Le Chou, il est cuit.

— Là, là, sur la caravane… Regarde !

Il se retourne et, ahuri, sursaute en lisant la pancarte.

— Manquait plus que ça, c'est le pompon ! Une belle-mère qui dit l'avenir ! Déjà qu'elle est pas capable de se rappeler où elle planque ses affaires… À part nos bouteilles de pékèt. Ça, elle oublie pas !

— J'en ai assez pour aujourd'hui, déclare Josette. M'en vais me coucher.

— Moi aussi.

26

Le lendemain dimanche, après le petit déjeuner, Alfonse est parti sans la smala pour se dégourdir les jambes. Il a enfilé ses belles chaussettes blanches rehaussées d'une ligne bleu et rouge, qu'il a bien remontées jusqu'aux mollets. Il marche dans les dunes. De gros nuages couvrent le ciel. Il s'assoit sur le sable. Il n'y a personne, vu le mauvais temps. Mais lui ne désespère pas. Il enfile son maillot moulant, se lève et court vers la mer, tel un jeune dieu grec plein d'entrain. Arrivé là où les premières vagues s'échouent, il recule et retourne vers le sable, visiblement frigorifié.

À la pension, les glandus, accoudés à la fenêtre de leur chambre, sont intrigués par la Mercedes. Elle est garée là depuis quelques jours et pourtant ils n'ont pas encore vu le propriétaire. Il doit sans doute se lever plus tôt qu'eux et se coucher plus tard. Leur mère est assise dehors, sous l'auvent. Elle feuillette une revue. La moto est toujours devant la caravane de la mémé. Elle n'a pas bougé depuis hier soir.

— T'as vu cette bagnole de ouf ? dit Steven, tout excité.

— Ce que j'comprends pas, c'est comment un mec qui peut s'acheter une cage pareille vient s'enterrer dans un rade pourri comme celui-ci.

— Il est peut-être tombé en panne…

— Viens, on va jeter un coup d'œil…

Au moment où ils s'apprêtent à sortir, on frappe à la porte.

— C'est qui ? demande Lourdes.

— C'est la femme de ménage. Je viens faire la chambre.

Les ados se regardent en souriant.

— Entrez ! crient-ils en chœur.

Une grosse femme avec du poil aux pattes apparaît, portant un seau et une serpillière qui a fait la guerre.

Les ados se regardent, déçus.

— Et elle est où, votre collègue ? l'interroge Lourdes.

— Elle a rendu son tablier. C'est moi qui la remplace. Elle veut être vedette de cinéma, qu'elle a dit. Pfff… Vedette de cinéma ! J't'en foutrai, moi !

Sans perdre de temps, elle se met à passer frénétiquement la serpillière sur le sol. Dégoûtés, les ados quittent leur chambre et décident d'aller faire un tour dehors. Ils s'approchent de la Mercedes, regardent à l'intérieur. Tout est en cuir.

— Wouah ! Mate-moi ça ? s'exclame Lourdes qui essaie discrètement d'ouvrir la portière.

— Eh ! Vous faites quoi, là ? Écartez-vous de ma bagnole.

Un homme aux lunettes noires s'approche de la voiture tandis que Steven entraîne sa sœur un peu plus loin.

— Qu'est-ce qui te prend de me pousser comme ça, s'énerve-t-elle. T'as la trouille ou quoi ? Il va pas nous bouffer !

— Viens, on se casse. Je t'expliquerai.

L'homme à la casquette ridicule et à la chemise à fleurs actionne sa télécommande et ouvre son coffre pour prendre une mallette.

— Mais qu'est-ce qu'il y a ? s'inquiète Lourdes, une fois loin de la vue de l'étranger.

— C'est le type qui m'a bousculé quand je suis sorti des toilettes au restoroute ! Tu te souviens ?

— Tu deviens parano, ma parole ! Des mecs comme lui y en a plein. Il a une gueule passe-partout.

— Non, j'suis sûr ! T'as pas vu ses santiags ?

— J'ai pas remarqué, avoue sa frangine.

— Elles sont en peau de vache.

— Je pense que tu devrais laisser tomber. N'oublie pas ce que nous a dit mémé : faut être prudents.

— Tu crois vraiment à ces conneries ?

— Comme je crois aux anges, oui. Et t'as tiré la Mort...

27

En taule, les potes de Biloute l'appelaient Popeye. Pas seulement à cause de ses biceps, mais aussi pour sa manie d'astiquer sa misère. Il faisait des pompes du matin au soir. Rien d'autre à glander. Y en a qui bouquinaient. Pas lui, il a jamais aimé les livres. C'est rempli de conneries, tout ça. Les gens écrivent ce qu'ils pensent de la vie alors qu'ils ne vivent rien. Lui, il a fait les quatre cents coups. Mais aujourd'hui, il voudrait faire un break. Prendre quelques jours de vacances. Aller se promener à la plage et s'allonger sur le sable sous un beau parasol, comme un brave gars. Regarder voler les mouettes, respirer les embruns. Faire quelques brasses dans la mer, aussi, histoire d'entretenir ses muscles. Une petite vie de péquenot, le temps de se faire oublier…

Il a envie que la pute reste à l'hôtel. Et d'avoir la plage pour lui tout seul. En taule, t'es jamais seul. T'as le bruit du clapet, avec l'œil du maton qui te mate. Les portes en fer qui claquent. Le robinet qui sniffe et la télé qui beugle tout le temps. D'un autre côté, c'est pas mal de ne pas être seul avec soi-même. Ça t'empêche de te cogner la tête au mur pour tenter d'écrabouiller tes démons. Alors que tu sais très bien que rien ne peut les écraser. Surtout pas toi. Même dans ton cercueil, ils seront là à ricaner et à te baver dessus.

C'est le pédophile qui l'a dit. Celui avec sa robe noire et son chapelet autour du cou. Biloute n'aime pas les curés. Il s'est fait tripoter par celui du village quand il était môme. C'est le même qui a enterré son petit frère. Sa mère, elle est même pas allée à l'enterrement de son môme. Si ça se trouve, elle sait toujours pas qu'il est six pieds sous terre. Salope ! Il espère que son camionneur l'a larguée sur une autoroute, au milieu de l'enfer.

Il aimerait bien la revoir au moins une fois, Biloute. Juste pour lui dire ça. Que son petit frère est mort à cause d'elle.

28

Bon, mémé Cornemuse a prédit l'avenir à un motard de soixante balais qui s'est arrêté et lui a filé quelques biffetons, puis ils ont éclusé trois, quatre bouteilles – toujours piquées derrière le comptoir du gros. Ensuite, le vieux est passé à la casserole. Oh, rien de bien terrible. Pas de quoi en faire un péplum. À cet âge on ne dresse plus les mâts, on se contente de secouer le drapeau. Sauf que là, le vieux, il ne veut plus décoller ! Et l'autre truffe toujours groggy sous la banquette... S'il se réveille, elle n'est pas dans la mouise la mémé !

Tandis que le motard cuve son whisky les boules à l'air, la vieille décide d'aller faire un petit tour dans les dunes. Histoire de respirer le mazout. Avant de quitter la caravane, elle s'assure que l'autre idiot de Jean-Mi est toujours dans les vapes. Elle part enfin, l'esprit en paix, patauger dans les oyats. Au loin, elle distingue une silhouette appétissante. Du style Rambo. Son genre. Elle a toujours aimé les gros muscles. Elle s'avance vers lui d'une démarche qui se veut gracile, petits pas de princesse sautillante et légère. Elle s'imagine en héroïne de conte de fées, elle qui ne voit plus qu'une vieille sorcière dans le miroir. Pourtant, elle a été belle. Longue chevelure blonde, grands yeux marron, joues rebondies et jolie bouche cachant des petites dents de nacre. C'était il y a longtemps. Là, il ne lui reste que des chicots et quelques poils gris sur le crâne. N'empêche, pense-t-elle, que je me tape encore des mecs, et ça, c'est pas donné à tout le monde.

Celui-là, qui avance vers elle, elle le veut. Elle a comme un éclair. Un genre de flash pareil à ceux qui lui déchiraient la tête quand elle avait le don. Ça lui fait mal. Elle titube, et finit par s'écrouler dans le sable.

29

Pendant que sa femme se prélasse sur son plumard et s'instruit en lisant une revue people qui révèle tout sur la *Star Ac*, Alfonse, après avoir barboté dans les vagues, a échoué tel un cachalot dans un vieux troquet oublié du monde, une baraque quasi en ruine dont le rez-de-chaussée arbore pompeusement l'enseigne : *Estaminet des Flots Bleus*. L'intérieur est glauque et sombre. Accrochée au-dessus de la pompe à bière, une pancarte jaunie indique : « Ne buvez pas au volant, buvez au goulot. » Trois péquenots, sûrement des gars du coin, à entendre leur accent, mettent la maxime en pratique et éclusent sec au comptoir. Ils jaugent le nouveau venu comme s'il était pestiféré. Espérant s'attirer leur sympathie, Alfonse déclare :

— Patron, mettez une fois une tournée à tout le monde. C'est moi qui offre.

Royal ! Le patron, un croisement entre une pistache et une capsule de bière, sert les trois zigues et le généreux donateur, sans s'oublier lui-même. Soudain, une voix de ténor surgit du fond du palace :

— Et moi, j'peux me mettre une plume dans l'fion ?

Alfonse aperçoit alors une espèce de baleine affalée sur la banquette telle une diva, drapée dans ce qui pourrait servir de nappe les jours de fête. Ou de tenture. C'est selon.

— Toi, t'as assez bu. Tu vas encore te prendre une cuite de jambes, se moque le plus petit des trois, surnommé Einstein.

Voyant le regard interrogateur de son nouveau client, le patron se croit obligé de préciser :

— Faites pas attention, il n'a pas toutes ses frites dans le même cornet.

La grosse se lève, hirsute, et vient roucouler près du nouveau, se plaignant qu'on crève de chaud et qu'elle a le gosier pire qu'une chaussette passée à l'essorage.

— Eh, s'il vous plaît, claironne Alfonse, une bière pour Madame.

Les autres se marrent.

— J'ai dit quelque chose de drôle ? s'étonne-t-il.

— Faut pas faire attention à eux, lui conseille la grosse. Ici, ils ont tous été promenés dans un landau sans fond. Y connaissent même pas Philippe Solex. Je parie que toi tu sais qui c'est.

— Bien sûr, affirme Alfonse, qui croit que le gaillard est l'inventeur de la bécane du même nom.

— Ah, vous voyez bande de nazes ! Monsieur est un lecteur, lui ! Il a de la classe, ça se voit tout de suite. C'est pas lui qui roule en vélo dans les dunes avec son peignoir et ses pantoufles fourrées mouton, comme le Marcel, fait-elle en toisant le plus grand des trois. Il appelle ça « faire du sport ». Tu parles d'une dégaine ! Et après, on s'étonne qu'il n'y a plus de touristes. Faut l'voir la crinière au vent, l'autre pédale ! On dirait Lulli avant sa première gangrène. Rien dans la tête, tout dans le genou. À force de se frotter le cul sur la selle, il a attrapé des hémorroïdes, hein Eddy Merckx ?

— Les hémorroïdes sont les couilles du pauvre, déclare le patron.

Einstein sourit béatement, découvrant ses chicots pourris.

— Toi, ferme ta bouche, lui conseille la grosse, on dirait l'entrée d'un cimetière. Ah, on est gâtés ici, fait-elle à Alfonse. Entre Einstein, Eddy Merckx, et Clint Eastwood qui se prend pour un cow-boy parce qu'il a un poulailler et trois canards asthmatiques, on a l'air de rescapés du *Titanic*.

— Tu m'étonnes que le pays parte en vrille, fait le patron. Déjà que la mer du Nord va être nationalisée. Paraît que le sable sera aux Wallons et la mer aux Flamands.

— Ah, fait Einstein, et quand la mer va monter alors ?

Ils se regardent tous, dubitatifs. La question est grave.

— De toute façon, conclut le patron, il vaut mieux être flamand que mort.

Là-dessus, il remet un verre. C'est sa tournée.

— Au fait, constate la diva en s'adressant à Alfonse, nous n'avons pas été présentés...

— Alfonse Destrooper, le roi des boulettes sauce lapin.

— Solange de la Motte Saint-Caillou, du château de Montpoupon, annonce-t-elle pompeusement.

— Chanté !

— N'importe quoi, raille Eddy Merckx. Elle s'appelle Ginette Plouf et elle taille des pipes pour arrondir ses fins de mois.

— Non, les angles, précise Ginette. Appelez-moi Gigi, propose-t-elle à Alfonse, qui décidément lui plaît de plus en plus.

Elle adore les boulettes !

— Elle lime bien, reconnaît Clint Eastwood.

— Arrête, minaude-t-elle, tu sais bien que je suis timide. J'ai peur des hommes. Quand je vois un gland, je fais le tour du monde !

— Ah ben alors, dit le patron, tu dois voyager souvent parce que des glands, ici, c'est pas ce qui manque. Y a de quoi fabriquer un fût de chêne…

— C'est vrai, approuve Einstein, ma femme ne m'a jamais sculpté le macaroni comme elle.

— Normal, fait Gigi, t'as vu sa gueule ? On dirait un stérilet.

Après quelques heures des bouteilles vides, le roi de la boulette se retrouve aux toilettes avec la suceuse de diamants. Et zou, Gigi fait sangloter le molosse et l'amène en bout de piste. Y a plus qu'à changer l'eau du canari.

— Comment tu trouves ma nouvelle culotte ? s'enquiert Gigi en soulevant la tenture qui lui sert de robe. C'est une Petit Bateau.

— Plutôt un paquebot ! se marre Alfonse, complètement dans le cirage.

— Toi, tu vas ramasser une tartine de phalanges dans la tronche !

— Je plaisantais. Elle est magnifique, ta culotte ! Plus belle que la tour Eiffel.

— Vrai ?

— Juré.

N'écoutant que son bon cœur et soucieuse de lui laisser un souvenir inoubliable, Gigi décide de lui offrir un porte-bonheur supplémentaire. Plus tard, aidé par les échoués de *Koh Lanta*, le patron dépose l'épave dans les dunes. Rond comme une queue de pelle, le noyé ne se rend compte de rien. Les bienfaits de l'air marin devraient l'aider à ressusciter d'entre les morts. Alléluia !

30

Biloute ne s'était jamais imaginé qu'il ferait un jour un pareil effet à une femme. Une vieille comme il les aime. Une qui lui fait penser à sa tante Mirza qui l'a recueilli à la mort de son père. La seule qui lui ait donné un peu d'amour sur cette saloperie de planète. Elle est morte quand il a commencé à bander. Là, il était sauvé. Pour ça qu'il aime bien les vieilles, le Biloute. Ce sont des anges. Les femmes, c'est comme le bon vin. Ça doit prendre de l'âge pour devenir buvable. Alors respect. Avant, tu peux juste goûter et recracher pour pas avoir mal au cœur.

Il se penche au-dessus de la vieille étendue sur le sable et tente de lui faire du bouche-à-bouche. Pas évident. Il n'a jamais été doué pour être secouriste. Sauver des vies, c'est pas son truc. Il s'y connaît mieux pour tuer. Plus facile. Si cet imbécile de curé ne lui avait pas dit que c'était mal et qu'il irait griller en enfer, étranglé par la queue fourchue du diable, il ne se tourmenterait pas avec ça. Lui, il a toujours tué, comme si c'était un jeu. Ou un truc normal. Oh, jamais pour du beurre, l'est pas une brute quand même ! Il tue quand on lui casse les burnes. Du genre « je te nique ton dimanche avec le bruit de ma tondeuse à gazon ». D'abord, il a demandé poliment d'arrêter cette merde, nom de Dieu, « sinon j' te ratisse les miches avec ».

Et comme l'autre a fait le sourd, il est passé à l'attaque. Mais il n'a jamais agi avant une première semonce. Il a des principes ! D'ailleurs, il ne fait pas de mal aux bêtes. Les animaux, c'est sacré. Ce sont les humains qui pourrissent la planète, pas les bestioles. Quand il zigouille quelqu'un, il prend soin de l'enterrer. Ses voisins, il les a planqués sous une dalle de béton dans son jardin. Là où il avait planté des légumes. Sans engrais. Ils reposaient dans un lieu écolo, les veinards. Jusqu'à ce que ces couillons de poulets soient venus faire des fouilles. J'te jure ! N'ont vraiment rien d'autre à foutre.

Allez, mémé, respire !

Soudain, il sent la langue de la vieille entortiller langoureusement la sienne ! Un vrai serpent ! Une main tripatouille son patrimoine culturel. Pour sûr, elle est revenue à elle. C'est la première fois qu'il sauve quelqu'un !

31

Pas fier, Alfonse revient doucement à lui au milieu des embruns. Sur la plage abandonnée, parmi les coquillages et les crustacés. Il a une telle gueule de bois qu'il vomit tripes et boyaux au moment de se relever. Le pire, c'est que la mer bouge au loin. Et ça, il ne le supporte pas. Il ferme les yeux, respire à pleins poumons et… régurgite les derniers relents des flots bleus. C'est Josette qui va être contente ! Il s'attend à un accueil chaleureux… Va falloir lui inventer une craque.

Il regarde sa montre. Six heures. S'il se remue, il devrait pouvoir arriver à l'auberge pour le petit déjeuner. Tout en titubant sur le sable, il réfléchit à ce qu'il pourrait bien raconter à sa légitime. Mais il a les idées trop embrouillées. L'air de la mer ne lui vaut rien finalement. Il continue sa route, tel Don Quichotte chevauchant sa mule, jusqu'à l'inaccessible étoile.

Josette. Elle est là, assise à sa place habituelle dans la salle à manger de la pension. Rien ne transparaît sur son visage. Il s'affale sur la banquette à côté.

— Bonjour, mon chéri, susurre-t-elle, un rien fielleuse. Bien dormi ?

— Oh, tais-toi ! Il m'est arrivé un truc de fou.

— Ah bon ?

— Je me suis perdu en sortant de la plage et j'ai crié, crié...

— « Aline, pour qu'elle revienne », ajoute Josette.

— Hein ?

— Rien, continue, ça m'intéresse.

— Et bien entendu, personne. Donc j'ai marché et je me suis paumé. Le problème, c'est que la mer est la même partout. Alors sans point de repère, tu comprends...

— Certes.

— Puis j'ai fait du stop, et là...

— Votre café, fait la patronne en déposant brutalement la tasse sous le nez d'Alfonse qui, à l'odeur, manque de défaillir.

— Ça ne va pas, Biquet ? Pour un peu on te confondrait avec un lavabo.

— Si, si, c'est l'air marin. Suis pas habitué.

— Donc, tu as fait du stop... Et là ?

— Ben je me suis retrouvé avec un dingue qui se prenait pour un vampire et voulait me montrer son château.

— Ah ! Et il t'a mordu ?

— Non, heureusement.

— Quel dommage, déplore Josette. J'aurais bien aimé un mari vampire, ça fait tendance.

— Dis donc, je te raconte mes malheurs, j'ai failli me faire zigouiller, et toi tu te fiches de moi. C'est vraiment pas gentil.

— Je n'oserais pas me moquer de toi, mon Biquet...

— Bon, puisque je suis seul au monde, je m'en vais dans ma chambre. T'as qu'à déjeuner sans moi. Merde, après tout !

Et il se casse, fier comme un paon d'avoir culpabilisé cette piètre épouse qui ne compatit même pas au drame qu'il vient de vivre. Elle ne le mérite pas.

Il est étendu de tout son long, chaussettes vissées aux pieds et en train de ronfler sur la carpette rongée par les mites lorsque Josette vient le retrouver. Quelque chose dépasse de sa poche. Elle tire ce qu'elle croit être un mouchoir… et se retrouve avec une tente d'Indien dans les mains ! Une tente à trois trous qui ressemble à la robe de Mimi Mathy. Mais vu l'odeur, Josette, fine mouche, détecte immédiatement qu'il s'agit d'une culotte. D'ailleurs, dessus, elle remarque, écrit en grosses lettres tracées au rouge à lèvres :

À ALFONSE, EN SOUVENIR DU DOIGT DE LA JOIE
DANS MON CHOU-FLEUR ÉPANOUI.
TON GILBERT (ALIAS GIGI).

32

C'est bras dessus, bras dessous avec son sauveur que mémé Cornemuse est arrivée à sa caravane. Ils n'ont pas beaucoup causé en chemin. La vieille savoure la présence de cet homme viril à ses côtés. Une aubaine ! Alors que la plupart des mamies de son âge passent leur temps à coller des pinces à linge pour en faire des porte-crayons au home, elle se pavane avec le dieu de la plage.

— Comment c'est, votre nom ? lui demande-t-elle.

— Biloute

— Ah ! lâche-t-elle, déçue.

Elle aurait préféré Arnaud, ou Jean-Philippe. C'est plus chic. Elle se souvient avoir plaqué son premier flirt parce qu'il s'appelait Anatole ! Mais bon, elle n'est plus à l'âge où on fait des chichis. Complètement sur son nuage, elle a oublié qu'il y avait des visiteurs dans sa casbah. C'est donc tout naturellement qu'elle prie Biloute de venir boire un coup dans son royaume.

Et là, à peine le seuil franchi, la mémoire lui revient comme un coup de trique ! Trop tard... Le sauveur a déjà franchi la ligne jaune. Le motard gît sur le sol. Du sang coule de sa tempe.

— Hé, zut ! s'écrie la vieille, il a dû se péter la gueule sur le coin de ma table, ce con. J'crois qu'il est mort...

— M'en a tout l'air constate Biloute en le secouant. C'est qui, ce zigue ?

— Un casse-couilles qui est venu me soutirer de l'argent. Comment je vais faire maintenant pour m'en débarrasser ?

— Moi je sais, mais j'suis en vacances.

— Et vous ne pouvez pas m'aider ?

— Non. Les vacances c'est sacré. La trêve.

— Bon, bon, je vais me débrouiller toute seule. C'est pas non plus sur mon abruti de beau-fils que je peux compter.

Le sauveur jette un coup d'œil autour de lui. Il cherche surtout le frigo pour en extirper une bière fraîche. La vieille n'a pas le temps de l'en empêcher, il a déjà ouvert la porte miraculeuse pour y plonger sa paluche.

— Oh ! s'exclame-t-il. Y a quelqu'un !

— Non, non, minimise mémé Cornemuse, c'est juste une main qu'un client m'a laissée pour lire dans les lignes. Il n'avait pas le temps d'attendre, c'est pour ça.

— Ah, dit Biloute, sans plus s'émouvoir que ça de la chose.

Et il attrape une canette qu'il dégoupille avec ses dents. Signe qu'il est un dur à cuire.

— Vous savez lire l'avenir ?

— Oui, oui, je suis imbattable. Je fais tout : boule de cristal, tarots, lignes de la main, marc de café…

— Eh ben allons-y, alors, propose le malabar en lui tendant sa patte d'ours.

— Faut pas faire ça comme les lapins, conseille la mémé. C'est tout un rituel. Allez, asseyez-vous…

Elle allume sa lampe de chevet, ouvre le tiroir de sa table, en sort une araignée en plastique qu'elle pose sur l'abat-jour, ainsi qu'un sac de cailloux. Elle le secoue et demande à son client d'en choisir un.

— C'est quoi ? demande Biloute en regardant le drôle de dessin gravé sur le caillou.

— Des runes. Ça sert à lire l'avenir, à invoquer les dieux et à jeter des sorts…

Biloute s'est toujours méfié de ces choses-là. Il a beau être un dur, il croit aux sorcières.

Mémé Cornemuse se concentre et lui annonce d'une voix grave qu'il est en période de doute, de réflexion et d'errance. Biloute ne sait pas très bien ce que ça veut dire, mais il acquiesce.

— Prenez-en une autre, dit-elle en lui tendant le sachet.

Biloute se concentre. L'heure est grave…

— Ah ! Le Soleil ! C'est mieux que l'Arc que vous avez tiré avant. Vous allez devenir riche. (Grand sourire du client.) Très riche, précise la mémé en pointant son index orné de bagouzes en toc sur le caillou magique.

— Vie extérieure trépidante, déclare-t-elle. Vous serez bientôt la nouvelle coqueluche de la jet-set.

Le sourire de Biloute s'élargit jusqu'aux oreilles.

— Allez, un p'tit dernier pour la route, propose la vieille.

Biloute replonge sa paluche et sort la Possession qui, d'après la mémé, signifie une femme qui va vous plumer ! Biloute pense à la pute qui caracole dans son pieu. Va pas faire long feu, celle-là…

— Dites, vous ne pouvez pas voir les numéros du loto dans votre boule de cristal ?

— Si, je peux tout faire pour vous, susurre-t-elle, un brin coquine.

Elle se concentre, esquisse de drôles de gestes au-dessus de la boule, explique qu'elle lui insuffle de l'énergie positive.

— Concentrez-vous. Je vois… Je vois… le 12, le 8, le 15, le 23, le 28, et… le 7 !

Biloute note fébrilement les numéros avec un bic sur son poignet.

— J'vais direct à la librairie du village, annonce-t-il.

— Je vous accompagne !

— Ah bon ?

— Et comment donc ! C'est moi qui ai trouvé les numéros, donc on partage.

Biloute accepte. Il a toujours été honnête. Dans la vie, faut des règles. Sans ça, t'es rien. Mais si la vieille tente de lui faire un lapin dans le dos, couic !

Surprise de la mémé quand elle découvre le carrosse de son prince charmant.

— Ben mon cocu, t'as pas besoin de gagner au loto !

— Si, justement. Cette cage, c'est tout ce que je possède. Enfin, façon de parler...

— Tu l'as piquée, c'est ça ? se marre mémé Cornemuse, qui a soudain envie de le tutoyer et ajoute : Quand un mec ouvre mon frigo, c'est comme s'il entrait dans mon intimité. On peut se dire « tu ».

— D'ac. Disons que je l'ai empruntée.

— C'est pareil.

— Et ton client, il vient la rechercher quand, sa main ?

Ils se regardent et se mettent à rire. Ça y est, une grande histoire d'amour commence, se dit la vieille. Elle grimpe dans la Mercedes et, telle une star de film italien, laisse flotter son écharpe au vent par la fenêtre ouverte. Démarre, ma poule, à nous les vallées sucrées, les délices érotiques, les paysages démoniaques et tout le tintouin. Mémé au pays des merveilles !

— Dis, si tu gagnes au loto, qu'est-ce que j'aurai, moi ?

— Je t'emmène aux Caraïbes et je nous achète un hôtel.

— Ça me va ! Mais avant, faut que tu me promettes quelque chose...

— Tout ce que tu veux, ma poupée, assure Biloute.

— Faut m'aider à faire le ménage dans ma caravane.

— D'accord.

Décidément, il ressent des bouffées de tendresse pour cette vieille gamine. Elle lui rappelle de plus en plus sa tata Mirza qui l'avait recueilli quand on a retrouvé son père mort dans le caniveau. Sa perle adorée. La seule qui lui demandait pardon quand elle lui claquait la gueule au mur.

33

Alfonse se réveille péniblement, le nez dans la carpette miteuse. Il a mal au bide. Et au cœur. Tente de se lever, y arrive en se tenant au montant du lit, et fonce direct vers les toilettes au fond du couloir vomir sa solitude. Il se redresse et aperçoit son visage de clodo dans le miroir moucheté de taches brunes, comme une peau de vieille femme. C'est sûr qu'il fait pitié. Bah, ça ira mieux après un bon bol d'air ! Il retourne vers la chambre en espérant y voir Josette qui a dû finir de déjeuner. Personne. Elle est sûrement allée se balader. Il décide alors de partir à la plage, sûr de l'y retrouver. En marchant, il essaie de rassembler des bribes de ce qui s'est passé la veille. Mais il a beau se creuser la cafetière, c'est le brouillard complet. Face au grand large, il scrute l'horizon. Pas de Josette. D'ailleurs, vu le temps pourri, y a personne. Il avance jusqu'à la mer pour se tremper les chevilles, histoire de ne pas être venu pour des prunes. Puis il décide de retourner à l'hôtel, certain que sa femme traîne dans les parages. C'est alors qu'il se rend compte, en passant devant le parking, que sa voiture a disparu ! Son joyau, sa raison de vivre, sa fierté ! Fou de rage, il fonce vers l'accueil et hurle après le patron, qui déboule ventre en avant.

— Qu'est-ce qu'y veut, l'abruti ? Ça va pas de gueuler comme ça ?

— On a volé ma voiture !

— Non, c'est votre femme qui est partie avec.

— Pas possible, elle ne sait pas conduire.

— Justement. Elle a dit qu'elle allait apprendre.

— Quoi ??? s'étrangle Alfonse, au bord de la crise cardiaque.

— Elle a laissé ça pour vous, fait le gros en lui tendant une enveloppe en papier journal mal scotchée.

Alfonse s'empresse de l'ouvrir et découvre l'objet du courroux. Il lui faut quelques secondes avant de comprendre. Gigi... La grosse Gigi... Le franc est tombé[1]. Il relit l'inscription au rouge à lèvres sur la culotte et manque de s'étrangler quand il réalise que Gigi s'appelle en réalité Gilbert. Il s'est fait sucer par un travelo ! La honte ! Plus de cage, plus de femme – ce qui est moins grave –, et plus de dignité. Alfonse est fini. *Muerto.*

Il grimpe jusqu'à la chambre de ses mômes, espérant y trouver un peu de réconfort. Mais il a beau frapper à la porte comme un forcené, personne ne lui répond. Il voit d'ici le tableau ! Leur mère a dû tout leur raconter, le dénigrer et les persuader de la suivre. Il est triste. Des années de couches-culottes, de balades nocturnes en bagnole pour tenter de les endormir avec le bruit du moteur, de sacrifices et de déceptions, car il doit bien le reconnaître, sa progéniture n'a rien de lui. Ce sont des glandeurs, ils tiennent tous les deux de leur mère. Parce que Josette, à part se délecter de revues people et se pomponner comme un lampadaire de la foire du Midi, tintin ! Rien dans la caboche. Et cette guenon conduit sa voiture !

1. Expression belge pour dire qu'il a enfin compris.

Le seul espoir d'Alfonse est qu'elle ait embarqué sa mère avec elle. Bon débarras ! Mais la caravane est toujours là... Il essaie direct d'ouvrir la porte. En vain, elle est fermée à clef. En plus, cette salope ne l'a même pas laissée ouverte pour qu'il puisse récupérer les bouteilles de pinard qu'elle lui a piquées. Il est sur le point d'aller chercher un pied-de-biche pour tout défoncer quand soudain il entend des gémissements provenant de l'intérieur...

34

Josette roule à la papa. Faut pas planter la bagnole du goujat, elle doit la ramener à bon port. Après, elle lui fera un lifting à coups de masse, à cette cage de ringard. Et elle la laissera devant leur baraque, comme un trophée gangrené, une ultime injure, un panache d'ordure. Elle aurait bien aimé ramener sa mère, mais elle était introuvable. Et la porte de la caravane était fermée. *Elle est sûrement partie en balade*, se dit Josette. *Je lui téléphonerai quand je serai arrivée pour lui expliquer. Toute façon, elle sera ravie. Elle a toujours trouvé que mon mari était un sale con.*

Quant à ses mômes, ils ont carrément refusé de la suivre ! Ah, ça, elle s'en souviendra ! Ils n'ont pas intérêt à venir lui demander quoi que ce soit. Fini. Terminé ! Elle a été bafouée, trompée, humiliée, et ils ont pris le parti de leur abruti de père. Incroyable ! Pourtant, celui-ci les critique tout le temps et leur reproche de ne rien fiche. C'est elle qui les a toujours encouragés dans la voie artistique. Et voilà comment ils la remercient ! Les ingrats... Après tout, bon débarras. Elle n'aura plus à leur faire à manger ni à laver leur linge. Et puis, une femme sans enfants trouve plus facilement des amants... Dès qu'elle arrivera à la maison elle fera immédiatement ses bagages, louera un gros camion et ratiboisera tout. Il ne lui restera que les poils du derrière pour jouer au mikado à cette andouille.

Josette fait quelquefois grincer les vitesses mais elle ne se débrouille pas si mal. Elle a passé son permis de conduire quand elle était jeune. Sa mère lui avait conseillé alors de ne jamais le dire à son mari. « Comme ça, avait-elle ajouté, il ne se méfiera pas et tu pourras toujours te tirer avec sa caisse. » Bon plan. Sa mère lui a toujours donné de sages conseils. Une sainte femme !

35

Biloute et mémé Cornemuse arrivent à la pension des Mouettes rieuses. La vieille espère que tout l'hôtel va la regarder débarquer de la limousine. Son chauffeur sort. Elle pas, attendant qu'il vienne lui ouvrir la porte. Mais le goujat s'éloigne sans se rendre compte de rien. Décidément ! Elle soupire et finit par s'extirper de son carrosse en claquant la portière pour marquer son mécontentement.

— Hé, ho ! Gaffe avec mon véhicule, hein ! s'écrie Biloute qui trouve qu'elle a encore une sacrée poigne pour son âge.

— C'est pas des manières de traiter une dame, grogne-t-elle.

— Quoi ?

— Tu aurais quand même pu m'ouvrir la porte.

— Pourquoi ? Tu sais pas le faire toute seule ?

La vieille soupire. Quand ils auront gagné au loto, elle lui paiera des leçons de maintien. Avec le livre de Nadine de Rothschild. Une de la haute qui sait se tenir. Bon, c'est sûr que celle-là, elle ressemble à un potager avec ses chapeaux à fleurs. Mais y en a qui vieillissent mal. Tout le monde ne peut pas avoir sa classe.

— Hé, Biloute, n'oublie pas ce que tu m'as promis.. fait-elle en le voyant se diriger vers l'hôtel.

— Non, non...

— Ben alors, où tu vas ?

— J'ai un petit truc à régler avant.

— Dépêche-toi, je t'attends mon bijou.

Il grimpe l'escalier à grandes enjambées et entre dans sa chambre, persuadé d'y trouver la pute qui doit sûrement roupiller. Elle est du genre à passer sa journée au pieu, celle-là. Et quand, comme tout le monde, t'as envie de dormir la nuit, elle se prépare à la fièvre du samedi soir, et ce, quel que soit le jour de la semaine.

Ça cocote à mort dans la piaule. Elle a dû se vider le flacon sur les miches. Le plumard est défait. Mais vide. Le tour de la suite royale est vite réglé. Personne devant le lavabo non plus. Pas de mot sur la table de nuit. De toute façon, il la soupçonne de ne pas savoir écrire. Celle-là, il se l'était emballée parce qu'elle lui avait avoué avoir talqué des juges. Ça peut toujours servir, qu'il s'était dit.

Il redescend et fonce vers la roulotte de la diseuse de bonne aventure. Il va attraper le motard sous les aisselles et le flanquer dans sa bagnole, puis aller le cacher dans les dunes vite fait bien fait. Au revoir, Berthe. Si y a que ça pour faire le bonheur de la vieille, ma foi ! Il a toujours eu bon cœur, le Biloute. Il a toujours aimé rendre service. Quand son pote Nounours, un vendeur de légumes dans une grande surface, s'est fait traiter de tous les noms par son patron qui voulait lui donner son ticket de sortie, il lui a donné un coup de main. Le col-cravate a fait une mauvaise chute dans les cageots. On l'a retrouvé en miettes dans les courgettes. Les amis, c'est sacré. Nounours, il le connaît depuis la maternelle. Un brave petit gars qui prenait toujours sa défense quand il était môme, parce qu'à l'époque, Biloute était chétif. Le jour où une grande buse de sixième lui a flanqué un coup de boule, elle s'est retrouvée borgne ! Un clou dans l'œil. Ah, ça, fallait pas lui chercher misère, au pote à Nounours. Depuis, entre eux deux, c'est à la vie à la mort. L'amitié, c'est sacré.

36

Après avoir tenté, en vain, d'ouvrir la porte de la caravane afin de savoir d'où venaient ces étranges gémissements, Alfonse s'est finalement dirigé vers le bar de l'hôtel pour engloutir une bouteille de pinard qu'il a fait mettre sur le compte de sa chambre. De toute façon, il n'a plus rien à perdre, à part son désespoir. Il fait presque nuit quand il décide d'aller se balader. En passant devant la casbah de sa belle-mère, il constate qu'il y a de la lumière. *Vais aller faire chier la vieille et lui dire c'que j'pense de sa pétasse de fille...*

Il toque.

— Occupé. Faut pas nous déranger. J'suis en séance d'hypnose, crie mémé Cornemuse.

Tu parles ! Elle fait de l'hypnose comme moi je fais des claquettes.

— M'en fous ! Faut que j'vous voie.

— Pas l'temps. Reviens demain.

— C'est urgent. Votre fille a disparu.

— Pas grave. Elle sait où elle va.

— On l'a peut-être kidnappée, ment Alfonse pour l'inciter à lui ouvrir la porte.

— Pas grave non plus. Quand ils verront à qui ils ont affaire, ils la relâcheront vite fait. C'est pas une facile, la

Jojo. J'en sais quelque chose. Elle m'a donné bien des misères celle-là.

— Vos petits-enfants ont disparu aussi.

— Me fais pas de souci pour eux non plus. Les glandeurs s'en sortent toujours mieux que les autres.

— Putain, vous ne voulez toujours pas m'ouvrir ?

— Non.

— Vous laisseriez votre beau-fils dehors, seul au monde et désespéré ?

— J'ai jamais eu de beau-fils. Suis pas responsable si ma fille a fait la connerie d'épouser un gros naze qui sent la sauce lapin.

— Bien...

Voyant qu'il n'y a rien à faire et que cette misérable raclure ne lui ouvrira pas la porte de son bunker, il flanque un grand coup de pied dans la taule avant de s'en aller, comme un pauvre cow-boy solitaire dans la nuit sans étoiles. Et c'est là, au fond de son cauchemar, qu'il aperçoit deux silhouettes familières s'avançant vers lui. Ses enfants !

— Ça alors ! s'exclame-t-il. Je pensais que vous étiez partis avec votre mère.

— Ben non, fait Lourdes. On avait besoin de prendre l'air... T'as toujours cru qu'on ne t'aimait pas, hein ?

— Disons que c'est pas évident, avoue Alfonse.

— Faut pas se fier aux apparences, dit Steven. Allez, viens papa.

Alfonse a une grosse boule dans la gorge. Tout compte fait, ses mômes ont quand même quelque chose de lui.

37

Pendant ce temps, Biloute se rend utile auprès de sa nouvelle copine. Faut être gentil et serviable avec les petits vieux. Sauf quand ce sont des emmerdeurs. Outre le fait de lui rappeler sa brave vieille tante, mémé Cornemuse peut lui être vachement utile avec ses dons de voyance ! C'est la première fois de sa vie que Biloute rencontre une sainte. Parce que pour avoir accès aux anges et aux morts, faut l'être, pas de doute. Il s'imagine déjà milliardaire, avec tout le fric qu'il va gagner au loto !

— On va bientôt être pétés de tunes, mon coco, fait-elle, comme si elle devinait ses pensées, ce qui est normal puisqu'elle voit tout, même les fantômes.

Prudent, Biloute préfère attendre les résultats du loto avant de se lancer dans une mission de secouriste. Il s'imaginait seulement devoir planquer le motard dans la nature, pas le zigouiller. Il s'était promis de ne pas tuer pendant les *happy holidays*. Sauf que mémé Cornemuse est du genre impatient. T'as pas le temps de tricoter un pull, faut qu'ça swingue. Le motard, elle veut s'en débarrasser *définitivement*, car elle sait qu'il la retrouvera toujours, où qu'elle aille.

Ce gars-là, l'est du genre crampon, se dit-elle. Elle l'a vu dans sa boule. Ce qu'elle n'a pas avoué à son nouvel ami, c'est qu'en réalité le motard a découvert qu'elle dissimulait un cadavre sous la banquette et que, fort de cette aubaine, il a décidé de lui soutirer un max de pognon en échange de son silence. Mais la vieille, elle ne croit pas à la parole des mecs. Pour elle, ce sont tous des guignols. Conclusion, elle a préféré être perspicace et lui balancer un coup de boule – de cristal – sur la caboche. Salut l'artiste ! Sauf qu'elle a pas dû taper assez fort car il remue encore la queue… Afin de persuader Biloute de l'aider dans sa tâche, elle ajoute :

— J'ai vu dans les cartes que tu devais accomplir une mission pour mériter le pactole. C'est la règle.

— Ah bon ? T'as vu ça, toi ?

— Oui. C'était marqué noir sur blanc.

— Pourquoi tu ne m'as rien dit ?

— Parce que je ne dévoile pas tout, ça pourrait choquer les clients.

— Tu vois parfois la mort ? s'inquiète Biloute.

— Oui.

— Et… Tu as vu la mienne ?

— Non. Toi, tu vivras centenaire si tu restes à mes côtés. Je serai ton porte-bonheur à l'infini, et même au-delà !

Sur ces arguments imparables, Biloute décide de faire une entorse à son règlement. Il file chercher sa caisse à outils qu'il emporte toujours dans le coffre de sa voiture au cas où. Avant de commencer son boulot, il s'assure que le motard est bien mort en le pinçant un bon coup. Mais le zigue gémit. Aux grands maux les grands remèdes, Biloute lui flanque un coup de clef à molette sur le crâne. Là, ça devrait aller. Il n'aime pas laisser souffrir les gens. C'est pas humain.

— Faut pas faire ça dans ma caravane, ça va tacher mon tapis, décrète la mémé.

— Je ne vais quand même pas le zigouiller dehors ! Si quelqu'un nous voyait !

— Faut le mettre dans la bagnole, l'emmener dans les dunes et terminer ça là-bas.

— Tu ne pouvais pas me le dire plus tôt ?

— J'y ai pas pensé, avoue la vieille.

— Très bien, j'embarque le cavalier de l'Apocalypse et je m'en occupe.

— Merci, t'es un chou ! Pendant ce temps, je vais planquer la moto.

— Tu es vraiment sûre que je dois accomplir cette mission ?

— Sûre ! J'l'ai lu dans la boule, j'te dis. Tu vas voir, demain, tu seras riche.

— Bon, bon…

— Après ça tu reviens, pasque j'ai encore un petit service à te demander.

— ???

— Oh, rien de grave, t'inquiète pas !

Biloute traîne le gars jusqu'à sa Mercedes et jette un œil autour de lui avant de le planquer dans le coffre. Zou ! En voiture Simone !

Arrivé près des dunes, il ouvre son coffre et en extirpe le gaillard. V'là-t'y pas que ce corniaud se met de nouveau à gémir ! Décidément, cette vieille carne est increvable, comme dans les films américains ! Un nouveau coup de clef à molette envoie le motard ad patres. Reste plus qu'à creuser. Heureusement, Biloute a toujours une pelle dans son coffre. On ne sait jamais… Une fois que le trou est fait, il balance le gars dedans et le recouvre de sable. Ni vu ni connu. Il a creusé assez profond pour qu'aucun môme ou clébard ne le déterre. Avec le vent, le sable redeviendra uniforme d'ici une heure. Biloute est content. Il a fait du beau travail. Et puis, surtout, il a rendu service à une pauvre petite vieille sans défense.

38

Alfonse tente de calmer sa rage au bord de l'eau. Il fait nuit et le vent souffle. Il revoit sa vie en noir et blanc. Pas une seule touche de couleur. Pourtant, sa rencontre avec Josette avait été plutôt joyeuse. Il l'avait repérée au bal populaire, sur la place du Jeu-de-Balle[1] à Bruxelles. C'était un 21 juillet. Elle était jolie dans sa robe vichy. Il avait flashé sur ses gros seins et lui avait proposé de boire un verre *chez Line et Willy*, un tof[2] café des Marolles, encore un des rares qui sentent le chapeau boule et la gueuze Mort subite. Il avait voulu lui présenter Willy, champion de lancer de cartons de bière sur les clients de la terrasse d'à côté. Un sacré numéro, celui-là ! Sa femme, Aline, faisait l'attraction du marché aux puces. Elle houspillait les flics en leur disant : « Ta gueule, toi ! T'as plus souvent couché dans mon lit que dans celui de ta femme. » Parce que, plus jeune, elle avait bourlingué. Josette, elle, n'arrêtait pas de causer. Une vraie pipelette ! Il s'en souvient comme si c'était hier. Et lui tentait d'afficher un sourire béat mais il n'écoutait rien. Pas seulement à cause de la musique. En fait, il n'avait pas du tout capté ce que la belle plantureuse

---

1. Marché aux puces de Bruxelles.
2. Chouette, sympathique.

lui racontait parce qu'il avait les yeux vissés à ses nichons. Après quelques verres, il avait fini par la convaincre d'aller rue du Renard, à l'abri des regards, pour la tripoter à son aise. Elle s'était laissé faire. Pas contrariante, la gonzesse ! Pour la forme, elle avait même poussé quelques cris faussement effarouchés, étouffés par les flonflons. Puis ils s'étaient revus et avaient tout de suite couché ensemble, dans l'herbe, derrière un talus. Ça avait duré à peine dix minutes. Éjaculation précoce. Alfonse avait mis ça sur le compte de la passion des premiers émois. Sauf que les fois suivantes, ce fut pareil. Mais avec le temps, il avait fini par éprouver moins de désir et l'affaire était passée du film d'action au film russe truffé de longs plans-séquences. Josette ne s'était jamais plainte, il fallait bien le reconnaître. Elle se contentait de peu, c'était sa nature. C'était sans doute parce qu'elle se considérait comme une sainte, ou une martyre silencieuse, qu'elle n'avait pas admis cette sortie de route avec l'autre travelo.

Alfonse ne s'en remet pas ! Gigi avait une bite ! Si son père était encore de ce monde, il lui aurait flanqué la baffe de sa vie ! Lui dont le rêve avait toujours été que son fiston fasse carrière à l'armée. Casseur de pédés, la boule à zéro, prêt à dégainer dès qu'une mouche pète…

Son mariage avait été comme une autoroute. Tu roules, et t'as pas le temps de regarder le paysage. Parfois tu t'arrêtes, juste pour souffler que tu crois, mais en fait, tu passes des vacances de merde parce que t'as des mômes chiants qui te niquent tes petits moments de plaisir. Bon, il les aime quand même, ces deux feignants. C'est pas des flèches, c'est sûr ! Ils tiennent de leur mère. Pas eux qui pourraient diriger une entreprise de boulettes. Ni de rien du tout d'ailleurs. Lui, Alfonse Destrooper, il est fier de sa réussite. Manque de rien. Le frigo est toujours plein. Et lui aussi.

Soudain, au loin, il voit s'approcher une silhouette, jupe au vent. Josette ? Il se met à crier :

— Jozèèèèèèèèèèèèèèèèète !!!

Pour qu'elle revienne. Parce que en fin de compte, qui va repasser ses chemises ?

39

Après s'être vaillamment acquitté de sa tâche, Biloute est revenu à la pension pour prendre une petite douche, histoire de se rafraîchir les idées. Le cœur léger et guilleret, ravi d'avoir accompli son devoir, il fredonne la seule chanson qu'il connaisse : « *Arriva Gigi l'amoroso ! / Grand cœur d'amour, œil de velours...* » Ses élans lyriques sont stoppés net par la vue des deux ados qui sortent précipitamment de leur piaule pour foncer vers lui.

— On vous attendait, fait Lourdes.

— Si c'est pour un autographe, c'est pas le moment. J'suis en sueur, raille Biloute.

— Vous ne me reconnaissez pas ? demande Steven en se plantant sous son nez.

— J'ai pas une bonne mémoire. On a gardé les chameaux ensemble ?

— Le restoroute... Vous m'avez bousculé et fait tomber ma caméra... Ça vous revient ?

— Me suis jamais arrêté dans un restoroute, affirme Biloute, méfiant.

— Vous n'avez peut-être pas une bonne mémoire, mais ma caméra, elle, a tout enregistré ! Y compris le cadavre du motard que vous avez laissé sur le carrelage des toilettes, lâche Steven.

— C'est quoi, cette connerie ? grogne Biloute.

— On voit même vos santiags en peau de Vache-qui-rit à côté du macchabée.

— J'suis pas le seul à porter ce genre de pompes.

— Certes, mais quand ma caméra est tombée, le mécanisme s'est déclenché et a filmé votre tronche. Alors si vous ne voulez pas qu'on vous dénonce à la police, faudra casquer. Et nous rendre les tunes que l'autre enfoiré de motard a piquées avec le sac à main de notre mère.

— C'est vous qui avez des raisons de tuer ce type. Pas moi. Votre chantage ne tient pas la route. Les poulets vous diront que c'est une histoire montée de toutes pièces.

Steven regarde sa sœur, déstabilisé.

— M'en fous, assène l'ado, j'irai de toute façon voir les flics et leur montrer mon film. Ne serait-ce que pour leur culture cinématographique...

Biloute voit rouge. Ce morveux risque de mettre les keufs sur sa trace. Il en a zigouillé pour moins que ça ! Comme ce crétin qui avait laissé pisser son chien sur la roue de sa Bentley. Une belle bagnole qu'il avait piquée le jour de Noël, quand il avait pu sortir de taule pour bonne conduite. Avant de regagner sa suite royale derrière les barreaux, il lui a fait sa fête, au crado. Il l'a dégommé à coups de batte de base-ball. Mais il a laissé le clébard en vie. C'est pas un monstre quand même ! Faut qu'il récupère la caméra fissa, et après il s'occupera de ces deux Playmobil. Y croient quoi ? Qu'ils vont l'impressionner avec leurs petites magouilles de boutonneux ?

Biloute sort un couteau de sa poche et le pointe sur le cou du morveux.

— Maintenant, fini de rigoler. Tu m'emmènes dans ta chambre de soubrette et tu me files ta caméra. Toi, la pétasse, si tu bronches je poinçonne le cou de ton imbécile de copain. Compris ?

— C'est pas mon copain, c'est mon frère, gémit Lourdes.

— Je m'en tape. C'est un imbécile quand même.

Une fois dans leur chambre, dès qu'il aura récupéré la merdouille, il les trucidera, ces deux cloportes ! Ensuite il ira les enterrer dans les dunes. Et comme ça, le motard aura de la compagnie. Faut être gentil avec les morts. C'est toujours ce que sa mère disait. Avant de se casser.

40

La silhouette qui s'approche d'Alfonse virevolte tel un goéland porté par le murmure lancinant des vagues. Mais c'est pas Josette !

— Scusez-moi, je pensais que vous étiez ma femme…

— Déçu ? minaude la promeneuse solitaire.

— Non, non, pas du tout.

— Mmm… Beau gars ! fait-elle en lui plaquant la main sur l'entrejambe.

— Euh… Vous passez vos vacances ici ?

— Non, on est juste là pour quelques jours. On est à la pension des Mouettes rieuses.

— Ah ! Moi aussi !

— Ça crée des liens, dit-elle en continuant à lui malaxer les roustons.

— Je ne vous ai jamais vue au petit déjeuner, constate Alfonse avec une pointe de regret.

— Je n'en prends pas. Je tiens à ma ligne, précise-t-**elle** en confondant sa zigounette avec un moulin à poivre.

Alfonse se contente d'émettre un borborygme. C'est qu'elle palpe bien le pouls, la sirène ! Elle a du savoir-faire, de la délicatesse, du doigté, et même quelques notions d'acupuncture, parce que avec ses ongles affilés il sent des petites piqûres qui, curieusement, le font bander.

— Vous êtes mariée ? demande Alfonse pour créer une diversion, car il a peur d'éjaculer illico vu la pression érotique de la dame.

— Non, j'accompagne Biloute, un client.

— Ah, vous travaillez dans l'immobilier ?

— Non, dans le pompage. Je suce pour pas cher. Mais ce soir, pour toi mon p'tit loup, c'est gratos.

— C'est gentil, mais je...

Trop tard, elle a déjà ouvert la caverne d'Ali Baba. D'ailleurs, à peine le mot magique prononcé, les quarante voleurs sortent comme des lapins !

— C'est l'émotion, bredouille Alfonse.

Elle se contente de sourire et l'aide à remettre son pantalon. Sont chouettes les filles du bord de mer...

41

Biloute est entré dans la chambre des ados, prêt à saigner le cochon qui a osé le menacer d'aller voir la flicaille.

— Elle est où cette putain de caméra ? grogne-t-il.

— Je cherche, fait Lourdes. Mais c'est le bordel, j'sais plus où on l'a planquée.

— T'as intérêt à la retrouver rapido si tu ne veux pas que je tranche le cou de ton pourri de frangin. Ma patience a des limites.

Lourdes essaie de gagner du temps. Soudain, un ange tombe du ciel.

— Biiiiiloute ! Où t'es ? Ça fait des heures que je te cherche !

— On est là, mémé ! crie Lourdes.

— C'est votre grand-mère ? éructe l'affreux en baissant son couteau.

— Ben oui ! Même qu'elle tient beaucoup à nous, et…

— M'en fous de vos affaires de famille. Vous ne perdez rien pour attendre. J'ai pas d'états d'âme, moi.

— Ah, ben je vois que vous avez fait connaissance, se réjouit mémé Cornemuse en franchissant la porte.

— Oui, on s'apprêtait à boire un petit thé, dit Lourdes.

— Pas le temps, fait la mémé, j'ai besoin de mon homme de main. Oh, c'est pas grand-chose, j'ai juste un petit service à te demander.

— Z'avez intérêt à vous tenir à carreau, murmure Biloute à l'oreille de Steven.

Et il s'en va avec la vieille qui marche d'un bon pas.

— C'est urgent ? Parce que j'avais envie de prendre une douche et…

— Je t'expliquerai dans la caravane.

— Qu'est-ce qui se passe ? s'inquiète-t-il.

— Te tracasse pas ! C'est seulement un petit service de rien du tout.

— Ça ne peut pas attendre demain ?

— Non.

Biloute connaît les femmes. Toujours impatientes, et pour des conneries. Du genre fixer un cadre ou décrocher un rideau.

— Je vais avoir besoin de ma boîte à outils ?

— Ça peut servir, acquiesce la mémé.

Le temps de prendre ses outils dans le coffre de sa voiture, et Biloute la rejoint dans sa caravane. C'est là qu'il voit, allongé sur la banquette et complètement dans le potage, un autre olibrius, le poignet enroulé dans un torchon tout rouge.

— C'est qui, lui ? s'étrangle-t-il.

— C'est Jean-Mi. Celui qui m'a donné sa main pour lire dans les lignes.

— Et tu veux que je lui recouse sa paluche, c'est ça ?

— Non. Il est raide. Je veux que tu l'emmènes dans les dunes.

— Quoi ? Mais t'es dingue !

— Si tu veux être riche, faut faire ce que je te dis. C'est l'oracle qui me l'a soufflé.

— Fait chier, l'oracle !

162

— Toute façon, maintenant, t'as l'habitude.

— C'est pas le problème. Ce sont les vacances et...

— T'as qu'à faire une entorse à ton règlement, sinon tu vas mourir pauvre.

— Bon, bon, d'accord, soupire Biloute. Quand même, tu aurais pu me le demander quand je suis allé me débarrasser du motard. J'aurais fait d'une pierre deux coups.

— Tu sais bien que je réfléchis à retardement. Et puis je ne voulais pas te surcharger de boulot.

— Tu parles ! Ça me fait deux fois plus de travail.

— Alors c'est oui, ou c'est non ? Tu restes ici pour que je t'apprenne le point de croix ?

— Non, ça va, j'y vais ! dit Biloute en soulevant le cadavre pour le trimbaler jusqu'au coffre de sa bagnole.

Il jette un œil dehors pour voir s'il n'y a personne, on ne sait jamais.

— Y a personne, affirme la mémé.

— Comment tu le sais ? T'as même pas regardé !

— Ça sert à rien, j'ai la cataracte. Toute façon, s'il y a quelqu'un, je le zigouille et tu l'embarques avec l'autre péteux. J'ai encore des balles dans le revolver de mon défunt mari. Paix à son âme. C'est le seul service qu'il m'ait rendu, ce con. Me laisser son flingue.

— Dis, et la main, tu ne veux pas que je t'en débarrasse aussi, tant qu'on y est ?

— Non, je la garde en souvenir. Je suis une sentimentale, tu sais...

— Au fait, tu as lu quoi dans ses lignes ?

— Qu'il allait mourir.

— Et... Tu lui as dit ?

— Ben non, puisqu'il était déjà mort, patate !

42

« Faut pas se poser de questions. » C'est toujours ce que disait tata Mirza à Biloute. « De toute façon, si tu t'en poses t'as jamais la bonne réponse, et en plus tu t'empoisonnes l'existence et celle des autres. » Elle est morte avec le sourire. Donc, en brave petit soldat, Biloute est allé enterrer l'autre zigue un kilomètre plus loin que le motard. Parce que, pas con le Biloute, il s'est dit que s'il y avait des fouilles, on ne ferait pas la relation entre les deux macchabées. Tueur, c'est pas difficile. Suffit d'avoir la niaque et de pas trop mal viser. En revanche, c'est après que ça se complique, et il faut être malin comme un singe si on ne veut pas se faire choper. Le Biloute, il avait enterré quelques morts là où on n'irait pas les chercher, c'est-à-dire dans un cimetière. Il avait aussi utilisé les bains d'acide, mais ça, c'est dangereux. Tu peux être éclaboussé et te brûler méchamment. Bon, au début, il était moins balèze que maintenant. Manque d'habitude.

Tout en rebouchant le trou avec l'homme au moignon dedans, il repense avec nostalgie au bon vieux temps. À l'époque où il était encore dans la fraîcheur d'une naïveté enfantine et dans l'artisanat. Son premier cadavre, il l'avait découpé avec un sécateur. C'était pas évident. Il était ado, mais il avait déjà de sacrés biceps. C'était le facteur. Un soir de beuverie, ce con avait balancé sa sacoche dans la flotte avec la pension de sa tata. C'est pas des choses à faire ! Quand on a un boulot, on doit être consciencieux. Biloute a toujours été perfectionniste. Chaque fois, il prend soin de tout nettoyer pour que ceux qui restent n'aient pas à le faire. Tout petit, déjà, il ne laissait jamais traîner un jouet et il rangeait bien sa chambre. Ado, c'était pareil. La tante Mirza claironnait partout qu'elle n'avait que des satisfactions avec lui. Et si, parfois, elle lui en flanquait une, c'est parce qu'il l'avait mérité. Même s'il était blanc comme neige. Elle partait du principe que les gosses font toujours des conneries et des cachotteries. Alors, un p'tit coup de trop dans le lampion, et vlan, elle lui claquait la tronche au mur. Il ne lui en a jamais voulu. Parce que après, elle lui filait un coup à boire pour le consoler. Mais il n'est pas alcoolique puisqu'il n'est jamais saoul. Même s'il ingurgite deux à trois bouteilles par jour. De toute façon, le vin, c'est que des fruits. D'ailleurs, Jésus aussi en buvait.

Le facteur, il l'a transporté en kit dans la fosse septique du maire. Et comme tout le monde savait que le messager de mes deux avait sauté l'épouse de ce dernier... Les flics n'ont pas cherché plus loin et l'élu a été arrêté. C'est Biloute qui a pris le relais pour consoler la pauvre femme. Il la ramonait tous les jours avant l'apéro du soir. Un rituel. Faut bien ça dans la vie, ça te stabilise.

Plus tard, il a zigouillé le boucher. Celui-là il escroquait sa tata. Il lui faisait payer la viande deux fois plus cher qu'aux autres parce qu'elle n'était pas née dans le village. Et comme elle ne savait pas compter... Quand Biloute s'en est aperçu, il est allé lui régler son compte. En pleine nuit. À coups de massue cette fois. Le pire, c'est qu'il avait un clébard. Et Biloute est incapable de faire du mal à une bête. C'est pas un sauvage ! Alors il a pris le chien et est allé le perdre dans le bois. Même qu'il l'a attaché à un arbre pour pas qu'il puisse se sauver et risquer de se faire écraser par une maudite bagnole sur la route à côté. « C'est qu'y en a, là-dedans ! » qu'elle disait toujours, sa tante. « Y tient ça de moi. C'est une lumière. »

Puis il y a eu le marchand de légumes. Un jour, tata Mirza l'a engueulé parce qu'il n'avait plus de fèves. C'est pas qu'elle les mangeait, non, elle trouvait que ça donnait des gaz. Mais elle aimait bien les laisser sécher pour en faire des colliers. Et l'autre truffe, du coup, a pris la mouche parce qu'elle avait osé rouspéter ! En plus, il éprouvait un malin plaisir à klaxonner et à ralentir devant chez elle, comme pour s'arrêter. La tante à Biloute, elle laissait tout en plan pour accourir, mais au moment où il la voyait franchir le pas de sa porte, ce crétin accélérait en lui montrant un doigt par la fenêtre. Quel sans-gêne ! Biloute n'a pas supporté qu'il se moque ainsi de sa vieille. Et il est allé lui défoncer la gueule un soir qu'il sortait du café À la Mort subite. Il savait qu'après sa tournée il allait toujours se rincer le gosier là. Il l'a attendu, tapi dans un coin. Au moment où l'autre andouille a sorti son asperge de son froc, *crac !* Biloute lui a enroulé une corde autour du cou et lui a coupé la nouille avec son canif. C'est tout ce que la police a retrouvé. Dans le noir, il n'avait pas vu où elle était, sinon, il l'aurait emportée pour pas salir l'environnement. Parce que Biloute, lui, il a du respect pour la planète. Et que la bite au légumier elle était pas biodégradable avec tout ce qu'il picolait. Même pas du pinard, mais du Fernet-Branca ! Une belle saloperie…

Y a eu aussi la boulangère. Une pimbêche sur le retour qui frottait ses nichons sur le comptoir chaque fois qu'elle voyait un mâle. Celle-là, tante Mirza ne pouvait pas la blairer. Et le jour où elle a confié à Biloute qu'elle avait tourné autour de son oncle quand il était jeune et qu'il lui avait ramené une chaude-pisse, son sang n'a fait qu'un tour ! Il a débarqué chez elle, prétextant qu'il voulait lui montrer comment faire des croissants en forme de cœur. Puis il l'a entraînée à l'arrière de sa boutique en lui demandant de mettre son panneau « Fermé » sur la porte. Le reste fut un jeu d'enfant. Un coup de palette dans la tronche, il a sorti la grosse par-derrière et l'a flanquée dans le coffre du pharmacien qui se garait toujours dans sa cour. Celui-là, un vrai goujat, et pas serviable pour un sou ! Quand la tante à Biloute voulait lui demander des petits cachets qui font rêver de champs de pâquerettes, il lui disait qu'il fallait une ordonnance et que c'était interdit. Et hop, d'une bière deux coups ! Comme avec le maire. Sauf qu'à ce train-là, le village s'est vite dépeuplé. Y avait plus de légumes et plus de pain. Fallait aller les chercher en ville. Et sans voiture, t'étais niqué. La tante Mirza est morte juste après le dernier cadavre. Alors Biloute est parti. Il était content. Il avait réussi à donner une belle vie à sa p'tite vieille, à la débarrasser de tous ceux qui lui cherchaient misère. Les nazes ! C'est quand même la moindre des choses que d'être reconnaissant envers la personne qui vous a recueilli et nourri. Pas sûr que les jeunes d'aujourd'hui soient aussi bien élevés !

43

« Zut, pense Alfonse, je lui ai même pas demandé son prénom, à la sirène du Mississipi. » Certes, ils n'avaient pas eu beaucoup le temps de sympathiser, car on ne parle pas la bouche pleine. Y a quand même des règles de bienséance. Mais une femme qui te fait une pipe, si tu ne sais pas son nom, c'est dommage. Surtout quand t'as envie de t'en souvenir ou de raconter ça à tes potes. Tu passes pour un couillon si tu leur dis que « Machine m'a sucé ». Tandis que si tu racontes que « Carmella m'a taillé une pipe », là, t'es déjà plus crédible.

Maintenant qu'il est célibataire, Alfonse va rattraper le temps perdu. Il se sent plus léger. Comme si le plaisir – même furtif – lui avait fait pousser des ailes. Oui, c'est exactement ça. Il est devenu un ange ! Il se sent voler avec le vent du nord. Le bonheur postorgasmique. Machine est repartie de son côté parce qu'elle ne voulait pas que son client ait des soupçons. « Quand je suis en affaire, je ne cherche pas à traiter avec le concurrent. » Une fille réglo. D'ailleurs, elle ne lui a pas fait payer « sa performance artistique », comme elle disait. « Parce que je suis une artiste, moi ! Je pratique la danse de la langue et je fais des claquettes avec mes dents. » Une Fred Astaire de la fellation !

Ah, ça, c'est pas Josette qui lui en aurait fait une pareille. Se laisser sauter, oui, et encore, quand y avait rien à la télé. Mais comme elle regardait tout, même les conneries… Pour le reste, bernique. Pas de fioritures. Droit au but, et au revoir Berthe. Du *quick love* sans ketchup ni fromage. Mais bon, il est vrai qu'elle s'occupait bien de la maison. Alfonse fait rapidement le calcul pour savoir si une femme de ménage va lui coûter plus cher que sa régulière. Parce que s'il le souhaite, il sait très bien qu'elle le reprendra. Suffit qu'il rapplique avec un bouquet de fleurs, la bouche en demi-rondelle de salami, l'œil humide et la langue pleine de « pardon, ma chérie, je ne le ferai plus jamais, c'est toi que j'aime », et patati et patata… L'affaire est *in the pocket* et Fonske la culbute sur la moquette. Sauf qu'il se demande si ça vaut le coup et s'il a vraiment envie de retrouver ses vieilles pantoufles, maintenant qu'il a goûté à l'air du large.

Le calcul est vite fait. Vu ce que dépense Josette en fringues, vernis à ongles, chapeaux et produits de maquillage, une femme de ménage une fois par semaine – ce qui est largement suffisant, sauf si elle est bandante – lui reviendra moins cher. En plus, il épargnera un bouquet de fleurs. Au prix où sont les roses…

44

Biloute et mémé Cornemuse ont décidé de se casser en pleine nuit. Plus prudent. Mais avant ça, il a un petit problème à régler… Pendant qu'elle s'occupe de son barda, il décide d'aller rendre une dernière visite aux ados. Affaire de politesse. On ne quitte pas les gens comme ça, sans dire au revoir !

Armé d'un marteau et d'un pied-de-biche cachés dans son blouson, il s'approche de leur chambre. Pas de bruit. Ils ont l'air de roupiller. Tant mieux ! Vaut toujours mieux surprendre les gens dans leur sommeil, c'est plus efficace. À l'aide du pied-de-biche, il arrive à ouvrir la porte. Il fait noir. Mais à la lueur de la lune, Biloute distingue deux formes allongées dans le lit. Et il frappe de toutes ses forces sur l'une, puis sur l'autre, avec son gros marteau acheté en promo au Brico. Un outil efficace ! N'ont pas eu le temps de crier. « J't'en foutrai moi, d'aller voir les flics ! » Il cherche la caméra. Ne veut pas allumer pour ne pas attirer l'attention. On ne sait jamais, un insomniaque qui traînerait dans les parages… Il ne la trouve pas mais remarque une petite cassette DV sur la table de nuit et la prend. Dehors, il entend un sifflement. Il regarde discrètement par la fenêtre et voit la vieille assise sur son baluchon, qui siffle comme un camionneur. *La conne, elle va réveiller toute la smala !* Biloute se dépêche de sortir, sans même jeter un regard derrière lui. Ces petits crétins ont eu ce qu'ils méritaient. Fallait pas lui chercher misère. Ça ne se fait pas ! Quel manque d'éducation, tout de même…

Biloute rejoint la vieille qui continue à siffler *Fleur de papillon* d'Annie Cordy.

— Ça va pas la tête ? Tu vas nous faire repérer ! grogne-t-il.

— Meuh non ! Y dorment tous à cette heure-ci, le rassure la mémé. Toute façon, dans ce bled pourri, qu'est-ce que tu veux faire d'autre ? Quand on aura touché le pactole, crois-moi qu'on va se faire des Saturday Night Fever toute la semaine, mon coco !

— Tu connais ça, toi ? s'étonne-t-il.

— Suis fan de Travolta. Il déchire grave. Ce sont mes petits-enfants qui me l'ont téléchargé.

— C'est illégal ! s'offusque Biloute qui a des principes. C'est pas parce qu'on est un tueur qu'on pique dans les troncs des églises ! Eh bien désormais, la vieille devra s'acheter ses DVD, pense-t-il en jetant un œil vers la chambre des ados. Finalement, il se dit qu'il a rendu service à l'industrie du cinéma.

Biloute le bienfaiteur de l'humanité embarque la mémé dans sa Mercedes. Et en route pour Madison. Sauf qu'à côté de lui, c'est pas Meryl Streep…

La mort dans l'âme, mémé Cornemuse fait un petit signe d'adieu à sa roulotte qu'elle a dû laisser dans le parking de l'hôtel parce que Biloute n'a pas d'attache à l'arrière de sa voiture.

— J'avais tant de bons souvenirs dans ma casbah, soupire la vieille.

Biloute, lui, pense à la pute qui va se retrouver toute seule dans son plumard. Et devoir régler la note ! Ça le fait marrer. *Bah, elle pourra toujours payer en nature.*

La vieille a juste emporté quelques affaires : son jeu de tarots, ses cailloux et sa sainte-bernadette, souvenir d'un voyage à Lourdes où elle a passé son temps à picoler au lieu d'aller à la messe. Dans l'effervescence, elle a oublié sa boule de cristal.

Biloute gare sa bagnole pas loin de la digue et ils dorment quelques heures, histoire d'être chez le libraire dès potron-minet pour savoir si leur billet est bien gagnant.

Et hop, au premier passage du tram ils se précipitent vers la porte du paradis. Le suspense est intense. Biloute a le ventre qui gargouille. Il pense à tout ce qu'il va pouvoir s'offrir. Bon, vu l'âge de la vieille, elle ne va pas s'éterniser dans son palace des Caraïbes. Là, ça va, elle est sympa, mais Biloute connaît les gens, il sait que le fric peut les rendre puants.

Au fur et à mesure qu'il compare les numéros, le libraire a les yeux qui manquent de sortir de leurs orbites. Mémé Cornemuse a un sourire Pepsodent, du moins avec ce qu'il lui reste de chicots, et Biloute ne se tient plus.

— On a gagné le gros lot ? s'impatientent-ils.

— *Nee, meneer*[1]. À un numéro près !

— C'est pas possible ! Montrez-moi ça ! hurle Biloute en lui arrachant le billet des mains. *Mert ! Mert ! Mert*[2] !

— J'ai dû mal lire dans ma boule, s'excuse la vieille. Oh, zut, je l'ai oubliée dans la roulotte !

— Je croyais que tu voyais tout là-dedans, s'énerve Biloute, hors de lui.

— C'est à cause de la cataracte. Parfois, je vois trouble.

— Ah, c'est malin. T'as qu'à te faire opérer.

— Non, j'veux pas qu'on touche à mon corps.

---

1. Non, monsieur.
2. Merde !

— En attendant, à un numéro près on était millionnaires...

— Bah, c'est pas grave, on gagnera la prochaine fois. D'abord, faut aller récupérer ma...

— Mais... Mais non ! Attends ! C'est bien les bons numéros, éructe Biloute en s'étranglant de joie.

— Il tend les billets au libraire qui vérifie et se fige sur place, telle une statue de sel. Il se met soudain à crier en direction de son privé :

— *Marieeeeke ! Marieeeke ! Kom vlug godverdomme*[1] !

Une sorte de gâteau à la crème déboule dans la librairie en peignoir rose bonbon et pantoufles assorties, le toupet enroulé autour d'un bigoudi. Son mari lui tend les deux billets et elle se met à pousser des hurlements hystériques.

— Mon femme va enlever son bigoudi et mettre une scheune robe. On va appeler le gazette locale pour qu'ils viendrent faire un reportage, *ik ben zo blij*[2] ! Quelle pub pour ma librairie ! *Dank u well menneer*[3] !

— *Ja,* merci, merci, ajoute l'épouse qui glousse comme une poule prête à pondre.

— Chic, je vais être dans la gazette, s'enthousiasme la vieille.

— Non, lui marmonne Biloute. Je récupère mon billet et on se casse.

— M'enfin, pourquoi ? J'ai toujours rêvé d'avoir ma photo dans le journal, et...

— Fais ce que je te dis et suis-moi.

— Bon, bon...

---

1. Marieke, Marieke, dépêche-toi nom de Dieu !
2. Je suis si content !
3. Merci beaucoup monsieur.

Ni une ni deux, Biloute profite de l'allégresse du libraire pour reprendre son billet et sortir, suivi de mémé Cornemuse.

— *Hé, waar gaat u naartoe*[1] ? s'écrie la Marieke, qui les suit tandis que son mari reste penaud derrière son comptoir.

Trop tard ! Ils entendent un bruit de moteur et voient passer une Mercedes avec les deux gagnants dedans.

— Yeeeeeh ! À nous la belle vie, s'écrie Biloute.

À côté, la mémé tire la tronche.

— Ben quoi, t'es pas contente ?

— Non.

— Ça alors ! On va être pétés de tunes et tu râles ?

— Oui. Je voulais ma photo dans le journal.

— Ça, c'est pas possible, décrète Biloute.

— Pourquoi ? Qu'est-ce que ça peut te faire d'attendre que la presse débarque ?

— Ça me fait que je ne veux pas qu'on voie ma bobine dans le journal, voilà.

— Et pourquoi ça ?

— Parce que… Parce que la police me recherche.

— Ah !

— Ça, tu l'as pas vu dans ta boule ? Hein ?

— J'ai pas demandé. Parce que je m'en fous.

— Ah bon ? Et tu ne veux pas en savoir plus ?

— Non. Je sais déjà.

— Tu sais quoi ?

— Que tu as rendu service à ton entourage. Tu es la Mère Teresa de ton patelin.

— Faut rien exagérer…

---

1. Hé, où allez-vous ?

175

— Si, si ! Au fait, tu viens d'où, toi ?

— Je suis né à Bruxelles, la capitale ! annonce fièrement Biloute. Et toi ?

— De Couillu-les-Deux-Églises.

— C'est où ?

— Près de Charleroi. C'est là que Jean-Jacques Rousseau[1] est né. Bon, tu fais demi-tour ?

— Sors-toi ça du crâne.

— Non. Je veux ma photo dans le journal. T'as qu'à rester dans la voiture, voilà tout.

— Mais c'est pas vrai, t'es bornée !

— Non. J'ai du caractère. Pas pareil.

— Tu vas me faire chier comme ça pendant tout le trajet ?

— Oui. Faut que tu me ramènes à la librairie. Après, on ira où tu voudras. Même à Couillu-les-Deux-Églises si ça peux te faire plaisir.

— Je préfère les Caraïbes.

— Alors quoi, tu fais demi-tour, oui ou merde ? grogne la mémé.

Biloute soupire et bifurque vers la route qui le ramène à la librairie. La vieille sourit. Elle arrange ses trois poils de mite sur le front. « Pour ressembler à Ava Gardner », qu'elle ajoute. Biloute se gare à quelques mètres de la librairie et attend. Mémé Cornemuse se précipite et fait une entrée à rendre jalouse Sharon Stone sur le tapis rouge du festival de Cannes. Quelques minutes plus tard, un coupé sport vient se garer juste devant la Mercedes. En sortant de sa voiture, de Vogel jette machinalement un œil sur le gars qui est au volant. Et là... Tilt ! Il reconnaît le type

---

1. Le cinéaste de l'absurde. Un phénomène belge qui filme pour des cacahuètes, avec une cagoule de braqueur de banque.

rencontré dans un bar et à qui il avait donné la carte de son hôtel. Le même que celui qu'il vient de voir dans le journal et qui est recherché par toute la flicaille...

45

Alfonse prend son petit déjeuner, morose, la tronche dans son bol de mauvais café. Soudain, voilà que Machine déboule dans la salle à manger. Elle porte une jupe verte à ras la moquette et un dessus à froufrous orange. Une carotte sur du gazon, pense Alfonse. 'Tention ! La carotte se dirige vers lui.

— B'jour. Dites, vous n'auriez pas vu Biloute par hasard ?

— Qui ça ?

— Ben, le grand échalas qui était avec moi.

— Non, j'ai vu personne.

— Pff, soupire-t-elle en s'asseyant d'office en face de lui. Tous les mêmes. Il a dû passer la nuit ailleurs. Y a pas sa bagnole dans le parking. J'espère qu'il va revenir, ce con, parce qu'il me doit quatorze pipes et trois branlettes. J'en ai marre de bosser pour rien, moi !

— Devriez avertir le syndicat.

— C'est ça. Vous en connaissez un, vous, de syndicat des putes ?

— Heu...

— Et votre femme, elle n'est pas avec vous ?

— Non. Elle est partie.

— Où ça, à la plage ?

— Non. Elle est rentrée à la maison. Enfin, je suppose…

— Bref, elle s'est cassée et vous voilà célibataire, c'est bien ça ?

— C'est bien ça, avoue Alfonse.

— Quelle salope !

— Oh, c'est la mère de mes enfants quand même…

— Et alors ? C'est pas parce qu'on pond des gniards qu'on est une sainte.

— C'est vrai, admet Alfonse.

— Bon, ça ne me regarde pas, mais pourquoi elle est partie ? Elle s'ennuyait dans ce magnifique palace avec vue sur la mer ?

— Non. Elle est partie parce qu'elle a découvert que je l'avais trompée.

— La belle affaire ! Si tous les couples qui ont des aventures se quittaient pour ça, il n'y aurait que des célibataires sur cette planète.

— Bah, je suppose qu'il y a des couples fidèles, dit Alfonse.

— Quel naïf ! se marre la pute. Ceux qui restent au garde-à-vous sont ceux qui n'ont pas eu d'occasion ou qui n'ont pas de libido. Y a ceux qui en rêvent et qui n'osent pas, et ceux qui le font des fois sans le vouloir. J'sais pas ce qui est mieux. De toute façon, ça n'a pas d'importance. La seule chose qui compte, c'est l'amour. Vous êtes toujours amoureux de votre femme ?

— Ben non ! Ça fait près de vingt ans qu'on est mariés. Au début, c'était mon amour. Puis c'est devenu ma femme, et maintenant c'est ma bonniche.

— Alors pas de regrets, conclut la pute.

— Non, ma femme, je m'en fous, mais le plus terrible, c'est qu'elle s'est cassée avec ma cage. Une super-Mustang toute neuve équipée de jantes chromées que je suis spécialement allé acheter à Knokke-le-Zoute, avec des

autocollants West Coast. En plus, elle est équipée d'une
sono top niveau avec un caisson double basse reflex Fusion.

— Aaah ! se contente de dire la pute. Et vos enfants, ils
sont où ?

— Ici. Sont restés avec moi. Ils ont choisi le bon
numéro, pérore Alfonse. C'est des petits malins, mes
gosses ! Ils savent reconnaître le bon grain de l'ivresse.

— Certes... Ils ne viennent pas déjeuner ?

— Ils travaillent parfois la nuit. Le petit réalise des films.
Comme Chipelberg ! Pour ça qu'ils se lèvent tard.

— Oh ! Vous pensez que je pourrais jouer dans leur
film ? roucoule la pute qui se voit déjà en train de signer
des autographes devant une foule en délire.

— Faut leur demander. Et vous, vous avez déjà été
amoureuse ? s'enquiert Alfonse.

— Certes non ! J'mélange pas les sentiments et le cul. Et
puis ça sert à rien de tomber amoureuse. C'est que des
misères.

— Ça ne se calcule pas.

— Si. C'est comme le yoga, faut apprendre à maîtriser !

— Pourquoi vous ne m'avez pas demandé de pognon,
hier soir ?

— Parce que je vous trouve à mon goût.

Alfonse rougit.

— Vrai ?

— Vrai. Bon, je vais quand même voir si l'autre connard
est rentré. Faut qu'il me paie, j'ai plus une tune.

— Vous ne déjeunez pas ?

— Non, j'ai envie de garder ma taille de guêpe.

— Je vous accompagne. Je vais chez ma belle-mère, elle
a peut-être vu votre homme puisqu'elle a sa caravane dans
le parking.

Ils sortent tous les deux. Alfonse a des relents de café qui
lui bousillent l'estomac.

— Zut ! grogne la pute, la Mercedes n'est pas là. J'espère qu'il s'est pas taillé en douce, cet abruti !

Alfonse se dirige vers la caravane et frappe à la porte. Rien. Il frappe plus fort, et crie :

— Hé ! Mémé ! Z'êtes là ?

Pas de réponse.

Il regarde par la fenêtre et jure.

— Qu'est-ce qu'il y a ? s'inquiète la pute.

— Y a plus rien sur sa table. On dirait que la vieille bique s'est barrée elle aussi !

Il flanque un grand coup de pied dans la porte qui finit par céder.

— C'est bien ce que je craignais. Elle est partie !

— Vous en êtes sûr ?

— Oui. Elle a emporté sa sainte-bernadette. Elle ne s'en sépare jamais. Par contre, ce qui m'étonne c'est qu'elle a laissé sa boule de cristal ! Elle a dû l'oublier, parce qu'elle y tient. Elle nous a même demandé de l'enterrer avec, c'est dire...

— Elle est voyante ? frétille la pute.

— Non. Elle a la cataracte. Elle voit rien du tout. C'est juste pour se donner un genre.

La pute entre et jette un coup d'œil par curiosité dans cet antre plus kitsch-que-ça-tu-meurs.

— Elle a du goût, en tout cas, constate-t-elle.

— Ah bon ? Vous trouvez ?

— Oui, c'est charmant ici.

Alfonse se sent soudain seul. Décidément, il ne comprendra jamais rien aux femmes.

— Ça me plairait de vivre là-dedans, avoue-t-elle en farfouillant à gauche et à droite.

Soudain, elle pousse un cri.

— Oh ! C'est le briquet de Biloute, fait-elle en brandissant le précieux objet orné d'une pin-up à poil. On l'a acheté ensemble à Ostende. Qu'est-ce qu'il est venu foutre ici ?

— Se faire tirer les cartes.

— Vous croyez ? Ça n'a pas l'air d'être son genre pourtant.

— Qu'est-ce que vous savez de lui ?

— Rien. Il est très secret. Je sais juste qu'il a une femme et que c'est pour pas qu'elle nous retrouve qu'il m'a emmenée dans ce trou à rats. Enfin, c'est ce qu'il m'a dit. Mais les clients me racontent tous des bobards.

— Et s'il s'était barré avec la vieille ?

— Pourquoi ? Elle a du pognon ?

— Non. Pas que je sache. À moins qu'elle ait un magot planqué quelque part...

Il l'avait toujours soupçonnée, comme tous les avares, d'avoir une tirelire au Luxembourg. Mais même sa fille n'a pas l'air d'être au courant.

— Bon. Et vous, vous avez du pèze ?

— J'ai ma fabrique de boulettes sauce lapin. Ça marche plutôt bien.

— Super. Voilà ce qu'on va faire... Vous allez retirer un max de pognon à la banque, moi, je vous attends ici. Puis vous irez acheter une bagnole, et on attendra la nuit pour se casser en loucedé avec la roulotte merveilleuse.

— Vous êtes sûre de vouloir emporter cette merde ?

— C'est pas une merde, c'est la Petite Maison dans la Prairie.

— Bon, bon, si vous y tenez... Au fait, c'est comment votre petit nom ?

— Maria Carmen.

— Bon, à tantôt Maria Carmen. Attendez-moi, je reviens dès que possible.

— Dis, Chou, on peut se tutoyer puisque je t'ai pompé gratos.

— Certes, approuve Alfonse.

Le village n'est pas loin. Un peu de marche lui fera du bien. Ça va aérer ses neurones. Depuis combien de temps Josette ne lui a-t-elle plus dit qu'elle le trouvait « à son goût » ? Il ne s'en souvient plus. D'ailleurs, lui a-t-elle jamais dit ?

Au moment où il s'apprête à partir, le cœur léger, vers de nouvelles aventures, il entend un cri strident provenant de la chambre de ses enfants. Ni une ni deux, Alfonse grimpe l'escalier à grandes enjambées. La porte est ouverte. Il fonce et trouve la femme de ménage évanouie sur le sol.

46

Salopard ! Je l'ai retrouvé ! De Vogel jubile intérieurement. Il se dit que le fuyard attend sûrement quelqu'un à l'intérieur de la librairie.

Comme si de rien n'était, il va aller acheter son journal et ressortira sans faire de vagues. L'autre échappé du bocal ne le reconnaîtra pas. Trop occupé qu'il est à se curer les dents. Puis il remontera dans sa bagnole et fera semblant de se recoiffer dans le rétroviseur. Là, de Vogel mémorisera le numéro de plaque de la Mercedes et démarrera. Ensuite, il appellera les flics et il passera pour un héros aux yeux de tous ces crétins qui l'ont toujours pris pour un parvenu.

Dans la librairie, c'est l'effervescence ! De Vogel se demande ce qui se passe. Le libraire est perché sur son comptoir et accroche des guirlandes de Noël ! Sûr qu'il a pété un câble, l'olibrius ! Une vieille peau roucoule tandis qu'une grosse dinde fixe un ruban ridicule dans ce qu'il lui reste de poils sur le crâne. On dirait une souris qui a la pelade.

— C'est la foire, ici ? s'étonne de Vogel.

— *Och, meneer* de Vogel, s'exclame le libraire, c'est la *madameke* ici qui a gagné le gros lot *met de meneer*[1] qui était avec elle.

---

1. *Met de meneer* : avec le monsieur.

— Ahhh, booon !!!

— *Ja, ja !* On attend le journaliste pour la photo.

— Et vous avez gagné combien ? demande de Vogel à la vieille.

— Un demi-million ! Cinq cent mille euros ! Vous vous rendez compte ? jubile le libraire.

— Et qu'est-ce que vous allez en faire ?

— On part aux Caraïbes avec mon fiancé, balance la vieille.

— Quel dommage que vous soyez déjà fiancée, déplore de Vogel. Je vous aurais proposé de m'épouser. Je suis céliba-taire.

— Trop tard. De toute façon, je ne veux pas qu'on m'épouse pour mon fric, décrète mémé Cornemuse.

— Et votre fiancé, vous croyez qu'il est avec vous pour quoi ?

— Pour mon sex-appeal.

Voilà qui change tout ! De Vogel réfléchit à la vitesse de l'éclair et se dit qu'au lieu d'ameuter la volaille, il a une bien meilleure idée…

47

Avant de s'occuper de la femme de ménage, Alfonse secoue ses deux feignants. Il sait qu'avant deux heures de l'après-midi c'est pas la peine de leur causer, ils grognent ! En plus, sont sourds comme des pots avec leur sale manie d'écouter de la musique de sauvages, les écouteurs vissés au fond des tympans. Lui, au moins, quand il met les décibels à donf, il en fait profiter tout le monde !

— Debout, les ploucs !

Comme ils ne réagissent pas, il tire les draps...

— Oh, les cons !

À la place des ados, il trouve deux polochons. Et un petit mot tout chiffonné – à croire qu'ils l'ont mâché ! Alfonse tente de déchiffrer et lit : « *Papa, on est repartis en stop chez maman parce que ici, ça craint. Dès que t'auras une piaule, on débarque chez toi. On t'aime. Steve et Loulou.* »

Alfonse en a presque les larmes aux yeux. C'est la première fois que ses mômes lui avouent qu'ils l'aiment. Et lui, est-ce qu'il leur a jamais dit ? À part les engueuler il a fait quoi ? Il a une boule dans la gorge. Fallait que sa vie bascule pour qu'il se rende compte que l'essentiel c'est d'aimer les autres. Mais il n'est jamais trop tard !

Tout à sa méditation, il en oublie la femme de ménage, toujours dans les compotes. Un gémissement le ramène sur terre. Il s'approche de l'épave et la secoue un bon coup. Lui flanque une baffe. Tout juste si, en revenant à elle, elle ne la lui rend pas, la salope !

— Ça va mieux ? s'enquiert-il.

— Là... Là, y a une araignée, s'époumone-t-elle, au bord de la crise de nerfs.

— Bah, depuis le temps, elle a dû se sauver par la fenêtre ouverte.

— M'en fiche. Je ne ferai plus le ménage dans cette chambre, décrète-t-elle en se relevant.

Et elle se casse avec son aspirateur qu'elle tire comme un clébard qui refuse d'avancer.

Alfonse glisse le petit mot dans sa poche et s'en va au village. Il a l'intention de retirer du fric sur son compte, histoire de se racheter une nouvelle bagnole et de repartir d'un bon pied. Tout le long du chemin, il pense à ce qu'il va faire de sa vie. Trouver une chouette baraque pour que ses gosses aient envie de venir habiter avec lui, et leur lâcher la grappe. Peut-être qu'en leur faisant confiance il arrivera à en tirer quelque chose...

Arrivé devant la banque, il a des rêves plein la tête. Il s'approche du banquier avec le sourire jusqu'aux oreilles. Lui demande ce qu'il reste sur son compte car il a bien l'intention d'en prendre un gros paquet. Le col-cravate tapote sur son petit clavier et annonce d'une mine éplorée :

— Désolé, monsieur Destrooper, votre compte est en négatif. Votre épouse a effectué un gros retrait et...

— Quoi ? Mais c'est pas possible, s'étouffe Alfonse, au bord de l'apoplexie. Elle a pas pu faire ça, l'ordure !

— Si. Elle en a le droit puisque vous êtes tous deux titulaires du compte et qu'elle a aussi la signature.

188

— Mais vous auriez dû m'appeler, nom de Dieu !
s'énerve Alfonse, soudain pris de spasmes.

— Vous voulez un verre d'eau ?

— Non, ça va aller…

— Navré, monsieur, tout a été fait dans la légalité et…

— Légalité mes couilles, ouais ! Quelle banque de
nazes ! Tous des voleurs !

Et il s'en va en claquant la porte. À plus de cinquante
balais, après avoir passé sa vie à trimer dans la boulette, le
voilà ruiné à cause d'une pétasse. Sa femme. Celle avec qui
il a passé des années. Une hyène qui, en plus de l'avoir mis
sur la paille, lui a volé la lumière de sa vie, sa passion : sa
voiture. Il ne lui reste plus qu'une solution en attendant
d'aller l'étrangler : piquer une cage. À cette saison, ça ne
devrait pas être trop difficile. La plupart des touristes laissent leur voiture ouverte pendant qu'ils déchargent le
contenu du coffre sur la plage. Suffit de trouver une caisse
avec la clef de contact. Sauf qu'il en faut une avec une
attache, pour la caravane.

*La Petite Maison dans la Prairie… J't'en foutrai moi ! La
Petite Maison dans la poubelle, oui !* Il se demande si c'est
vraiment une bonne idée de trimbaler la Maria Carmen
avec sa coquille d'escargot pourri. Physiquement, il la
trouve plutôt vulgaire et pas terrible avec son gros nez.
Mais c'est sûr qu'elle suce bien. À son âge, faut pas
demander la lune. Surtout quand t'es fauché.

Alfonse se dirige vers la digue. Il a la rage. Il lui faudra
un quart d'heure avant de trouver la voiture adéquate. Une
bête cage mais avec une boule dans le derrière. La famille
Pinpin plante les piquets de la toile et s'affaire autour des
parasols et transats. À l'arrière de l'auto, il y a encore une
bouée canard et un seau avec une pelle. Avant de démarrer
en trombe, Alfonse les pose sur le banc qui fait face à
la mer. Il est gentil, quand même ! Avec le bruit des vagues,

la famille Pinpin n'entend pas le vrombissement du moteur et continue à faire les préparatifs. Sont guillerets.

Pas con, Alfonse va planquer la bagnole à un kilomètre des Mouettes rieuses, derrière un buisson qui longe les dunes. Il est quinze heures trente. D'ici à ce que les flics soient avertis et se décident à agir, il fera nuit. Alors il pourra ramener la voiture dans le parking de la pension et attacher la caravane avec Maria Carmen dedans.

Ouais... Et après ? Si elle compte vivre de ses charmes dans la roulotte de la joie, c'est pas gagné ! Surtout à l'âge qu'elle a. C'est pas Naomi Campbell, quand même...

48

De Vogel n'a pas attendu l'arrivée des journalistes pour aller rejoindre son « nouvel ami » dans sa Mercedes. Sans chichis, il s'assied direct à la place de la passagère.

— Bonjour, vous me reconnaissez ? demande-t-il à l'autre ahuri, prêt à mordre.

— Heu…

— De Vogel. On s'est rencontrés dans un bar et je vous ai filé la carte de ma pension, Les Mouettes rieuses.

— Ah oui, ça me revient.

— Dites, j'ai une petite affaire à vous proposer…

— Suis pas intéressé. Là, je pars en vacances.

— Eh bien justement. Comme la police vous cherche et que je vous ai trouvé, je vous propose de partager le magot que vous allez empocher avec la vieille. En échange, je ferme ma gueule.

Biloute n'en revient pas. Il se prend pour qui, ce morpion des Abruzzes ?

Pendant que l'autre primate le mate la bouche en cœur, rêvant déjà qu'il est assis sur un paquet de pognon, un journaliste sort de sa cage miteuse garée quasi devant la porte de la librairie. Il fonce à l'intérieur avec son appareil photo en bandoulière. Motivé, le gars !

— Bien entendu, je ne vous quitte pas d'une semelle, vous et votre fiancée, jusqu'à ce que vous m'ayez filé le blé. Un tiers me conviendra. Je ne suis pas une ordure.

— C'est pas ma fiancée.

— Ah bon ? C'est pourtant ce qu'elle m'a dit tout à l'heure.

— Elle fantasme.

— Alors, c'est d'accord ? De toute façon, vous n'avez pas le choix. C'est ça ou le trou à perpète.

— OK, marmonne Biloute, qui n'a pas l'air plus affecté que ça par cette proposition malhonnête.

Car c'en est une. Et Biloute n'a jamais aimé les voleurs. D'ailleurs, un jour, à une enflure qui avait piqué la sacoche de sa tante Mirza sur le marché de Wavre, il a donné une bonne leçon. Celui-là, il voulait juste lui flanquer une raclée et lui remodeler le portrait. Mais le coup est parti trop vite et il lui a cassé la mâchoire. L'était moche à voir, le primate. Biloute s'est dit que ce serait cruel de le laisser comme ça. Déjà qu'il était pas bien beau au départ. Et il a décidé de lui rendre service. Il l'a achevé. Comme ça il n'aurait pas la honte, le Quasimodo. C'est vrai, quoi, des fois faut savoir pardonner.

Mais là, le de Vogel, il va l'étrangler avant qu'il fasse cui-cui...

49

De retour à la pension, Alfonse se précipite dans la caravane. Vide ! Il se dit que Maria Carmen est sûrement allée prendre l'air. Au moment où il s'apprête à sortir, il trouve un mot sur la table :

Choubidou,
Ne m'en veu pas mais je né plu l'age à partir à l'avanture
avec un mec fauché. J'ai bien réfléchit, il vaux mieux qu'on se
quite ici. Je vé fair du stop pour rencontrer un plein aux asses.
C'est plus dans mon stile.
Ta Maria Carmen for et ver

P-S : Je garde un bon souvenire de ta grosse quéquète.

Alfonse est dépité. « T'es mon genre », qu'elle lui avait dit. *Tu parles ! Toutes des putes, comme ma mère. Pas une pour racheter l'autre.* Au moment où il sort de la caravane, le tenancier lui fonce dessus.

— J'espère que vous n'avez pas l'intention de vous en aller sans payer la note, hein, monsieur Destropier.

— Destrooper. Non, pas du tout. Qu'est-ce qui vous fait penser ça ?

— Votre femme est partie avec la mémé sans dire au revoir, vos enfants ne sont plus là, et apparemment y a plus la voiture…

— Elles sont juste allées visiter la côte pour quelques jours, mais elles vont revenir. D'ailleurs, vous voyez bien que la caravane est toujours là !

— Ouais. Mais faut pas me prendre pour un *zivereir*[1] non plus.

— Loin de moi cette idée !

— Je vous ai à l'œil, menace le gros en rentrant dans son établissement.

Après tout, se dit Alfonse, je n'ai même pas de fric pour remettre de l'essence dans la bagnole que j'ai fauchée, alors autant en profiter encore un peu et rester quelques jours de plus ici. Après, on verra bien.

---

1. Crétin.

50

Ah, ça, elle est fière comme la reine d'Angleterre, la vieille. Triomphante, elle sort de la librairie. Elle se voit déjà volant la vedette à Paris Hilton, en couverture des magazines people avec les sunlights dans la tronche. La star de Couillu-les-Deux-Églises invitée sur les yachts de ses nouveaux amis milliardaires et relookée par *Voici*, vantant les mérites d'une crème de jour miraculeuse après un lifting. Amour, gloire et beauté sont désormais à sa portée.

Reconnaissant de Vogel assis à côté de Biloute dans la Mercedes, elle sent soudain un gros nuage noir au-dessus de sa tête. *Qu'est-ce qu'il fait là, cet olibrius ?*

Elle prend place à l'arrière. Aussitôt, Biloute démarre et lui explique que môssieur de Vogel menace de le dénoncer à la police s'il ne lui file pas un tiers du magot et que, merci, tout ça c'est de sa faute ! Si elle n'avait pas fait le paon devant les journalistes, ils n'auraient pas croisé ce pâle maître chanteur de mes deux.

— Bah, il nous restera encore un bon paquet, assure la vieille, magnanime.

Biloute ne dit plus rien. Il ronge son frein. Mais, surtout, il réfléchit. Parce qu'il est pas troué du ciboulot, lui.

— Et on va où, comme ça ? demande mémé Cornemuse.

— J'sais pas, pose la question à Monsieur.

— J'ai une garçonnière à deux pas de la pension. C'est au premier étage d'une villa dont le rez-de-chaussée est inoccupé. On va aller s'y planquer jusqu'au moment où vous irez à la banque retirer le pognon.

— Le libraire a dit que demain matin ce sera bon, assure mémé Cornemuse.

Biloute la fusille du regard. *Elle peut pas fermer son clapet, la relique ?*

— Vous logerez dans la même chambre, celle du fond, et qui communique avec la mienne, précise de Vogel. C'est plus pratique, je pourrai mieux vous tenir à l'œil.

— Oh, super ! s'exclame la mémé, on va pouvoir faire des cochonneries ensemble, hein, mon Loulou ?

Le Loulou ne répond pas. L'idée de faire mumuse avec bobonne ne semble guère l'enchanter. Devant la pension, mémé Cornemuse sourit en voyant sa roulotte.

— On pourrait pas plutôt aller dans ma casbah ?

— Non.

— Alors faut m'arrêter ici parce que j'ai oublié de prendre ma boule. Et sans ma boule, je suis perdue.

— Qu'est-ce qu'elle raconte ? s'inquiète de Vogel.

— C'est dans sa boule de cristal qu'elle a vu les numéros du loto, explique Biloute.

— Vous vous foutez de moi ?

— Non.

— Écoutez, c'est quand même grâce à moi que vous allez être riches, donc je peux bien vous demander une petite faveur. Je veux juste aller récupérer ma boule, c'est tout.

— Bon, alors faites vite, et passez par-derrière, lui conseille de Vogel. On vous attend sur le bas-côté. Et on vous lâche pas !

Elle sort de la bagnole, jette un œil autour d'elle. La pension des Mouettes « chieuses » semble endormie. *Tiens,*

tiens, ma porte est défoncée. C'est encore l'autre sportif qui a dû passer ses nerfs. Fonske, il porte bien son nom celui-là. Je fonce d'abord et je réfléchis après. Enfin, lui, c'est pas sûr qu'il réfléchisse.

— C'est vous qui avez le billet ? s'inquiète soudain de Vogel.

— Heu, non... Elle l'a repris pour faire la photo avec le journaliste, lui répond Biloute.

— Ah, c'est malin ! Et si elle se barre ?

— À son âge, je ne la vois pas pousser un sprint !

— Faut quand même se méfier des vieilles pelures, elles cachent parfois des fruits encore juteux.

— Je constate que Monsieur est connaisseur...

Quelques minutes plus tard, ils voient mémé Cornemuse se pointer avec un cabas fleuri bien rebondi.

— Ça y est ! Je l'ai ! jubile la vieille, toute contente. J'aurais dû en acheter une plus petite pour le voyage, mais comme j'ai pas de bons yeux... Je vois mieux dans une grosse.

Biloute redémarre. La route défile entre les polders. De Vogel se voit déjà en roi de la piste, comme Mike Brant faisant hurler les foules en agitant sa gourmette. Un quart d'heure plus tard à peine, ils sont devant la villa, un peu en retrait. Bonne planque. Une fois dans leur chambre, Biloute parle à l'oreille de la vieille qui lui demande de causer plus fort :

— J'entends rien de ce que tu me dis !

— Pas de messes basses, fait de Vogel depuis sa piaule. Je veux tout entendre ! D'ailleurs, je vais laisser la porte ouverte.

— Pour mater mes fesses, oui ! rétorque la vieille.

— C'est ça, approuve de Vogel. J'en rêvais depuis long-temps !

Biloute ne dit plus rien. Il plonge tout habillé dans son lit. Avec la pin-up des bas-fonds, on ne sait jamais. La mémé fait pareil, mais à poil.

— Tu vas avoir froid, lui dit Biloute. Mets ta chemise.

— Oh, non, moi j'ai toujours trop chaud.

La nuit tombée, Biloute se lève doucement tandis que la vieille ronfle, pire qu'une tronçonneuse. Il se dirige vers son blouson et en extirpe le couteau qu'il planque toujours dans la poche intérieure. S'approche doucement de la chambre de Vogel. Le plancher craque. Zut ! Il stoppe net. Attend un peu. N'entend que les ronflements de la vieille. Il continue en faisant gaffe de ne pas marcher sur la même planche pourrie. S'approche du lit de Vogel et… reçoit un coup de massue sur le crâne. Il s'écroule. C'est la fin du monde.

51

Les yeux rivés au plafond lézardé, Alfonse rumine sa vie. Il n'a plus le choix. Il faut qu'il renoue avec Josette. Comme ça il récupérera son pognon, et surtout sa sacro-sainte bagnole. Après, on verra. À chaque jour suffit sa haine.

Demain, dès l'aube, il va l'appeler. Il prendra sa voix charmeuse pour lui dire qu'il regrette : « Ma Biche, je ne peux pas me passer de toi. Je rêve de toi toutes les nuits et ne vis que pour le moment où on se retrouvera, et lalali et lalala. » Un p'tit coup de violon, un acte de foi suivi de deux *Pater* et trois *Ave*, et crac, ta femme est à tes pieds.

Dès les premières lueurs du jour, Alfonse fonce sur son portable et compose le numéro de Josette. Une voix masculine lui répond.

— Qui c'qu'appelle à c't'heure ?

— C'est toi, ma bichette d'amour ? demande Alfonse.

— Non, j'suis pas ta bichette d'amour. À qui tu veux causer ?

— À ma femme. Vous êtes qui, vous ?

Pas de réponse. Il entend dire : « Zette, c'est pour toi. »

La voix ensommeillée de sa femme surgit soudain dans l'appareil.

— Ouais… C'est qui ?

— Fonske, ton mari.

— Hein ? T'as vu l'heure qu'il est ?

— Je voulais t'annoncer une bonne nouvelle. Je reviens à la maison.

— Ah, non !

— Comment ça ? T'es pas contente ? Écoute, ma Bichette, je regrette tout ce qui s'est passé, je ne pense qu'à toi, tu es la meilleure, tu me manques et je rêve de toi toutes les nuits. Tu es ma fleur en papier crépon, ma cacahuète des Antilles, ma…

— Ta gueule.

— Quoi ?

— Ta gueule, fait la voix masculine. Laisse ma fiancée tranquille et fous-nous la paix.

— Ta fiancée !!! Non, mais je rêve ! T'es qui, toi ?

— Roger. Le fils du café de la gare. Tu sais, celui avec qui elle sortait avant de te rencontrer, pedzouille.

— Mais c'est dégueulasse ! À peine j'ai le dos tourné qu'elle s'envoie en l'air avec un minable ! éructe Alfonse, hors de lui.

— Le minable, c'est toi. Moi je ne l'ai pas trompée avec un travelo ! Ah ! Ah ! Ça a fait le tour du village, c't'histoire ! Y a en des qui s'demandent si tu portes pas des talons aiguilles, *asteur*[1]…

— Passe-moi ma femme, j'ai deux mots à lui dire. J'cause pas avec des nazes.

— Veut plus te parler. Hein ma *biloque*[2] ?

— Comment tu l'appelles, là ?

— Ça te regarde pas.

— Passe-la-moi ou je demande le divorce, le menace Alfonse.

---

1. Maintenant.
2. Prune.

— Eh ben justement, ça nous arrangerait parce qu'on a l'intention de se marier. Hein, Zette ?

— Qu'elle me trompe avec un débile de ton espèce, admettons, nul n'est à l'abri d'une erreur, mais qu'elle t'épouse, là, tu te mets le doigt dans l'œil jusqu'à l'omoplate.

Alfonse entend son rival dire à Josette : « Explique-lui qu'on va se marier, pasqu'y m'croit pas, ce pété. »

— Allô ? C'est Josette. Je vais épouser Roger.

— Tu ne vas pas faire ça ?

— Si.

— Mais il est con, ce type !

— Pas plus con que toi. C'est pareil. Comme ça je ne serai pas dépaysée. Bon, je peux dormir maintenant ?

— Tu ne veux pas réfléchir ? Je rentre à la maison, je te pardonne et...

— Ha ! ha ! Elle est bien bonne ! Tu vas me pardonner quoi ? T'oublies que c'est toi qui m'as trompée le premier ! Et avec une tantouze en plus !

— Le premier ou le deuxième, qu'est-ce que ça change ? Je rentre au bercail, on fait la paix et on part en vacances pour fêter notre nouvelle lune de miel. Mais sans les gosses et sans ta mère.

— Non merci ! J'en ai soupé de tes vacances de beauf dans des taudis à cancrelats avec vue sur les immondices. Roger, lui, va m'emmener à Marbella, là où y a que des stars.

— Peuh, c'est touristique à mort là-bas ! fait Alfonse avec un air de dédain.

— Et alors ? Au moins y a autre chose à voir que les mouettes qui se prennent les panards dans le mazout, réplique Josette.

— Bon, je vois qu'il n'y a plus rien à faire. Tu as perdu la raison.

— Oui. Toi tu ne m'as jamais fait perdre la tête. Aucun rêve, à part ton entreprise de boulettes industrielles moisies. Roger, y mange bio, lui !

— M'en doutais ! C'est un triste sire. T'as déjà vu la gueule des vendeurs dans ces magasins ? Quant aux clients, on dirait qu'ils sortent d'un bénitier. En plus ils sont tout gris. Z'ont un teint de fromage corse rongé par les vers.

— N'importe quoi ! Je constate que t'es toujours aussi débile ! On ne change pas une équipe qui gagne, hein Alfonse ?

C'était la première fois qu'elle l'appelait par son prénom. Depuis qu'ils étaient ensemble, elle l'avait toujours surnommé Fonske. Même quand ils étaient fâchés. C'est à ce moment précis qu'Alfonse avait su que c'était foutu. Et qu'il fallait la jouer grand seigneur.

— Bon, je m'incline. Je vous souhaite beaucoup de bonheur.

— Tu signeras les papiers du divorce ?

— Oui, si tu me rends mon pognon.

— Et avec quoi je vais nourrir *nos* enfants, moi ?

— T'auras pas à les nourrir. Ils ont décidé de venir habiter chez moi.

— Ah ! Ah ! Et c'est où, chez toi, hein ? T'as même plus de quoi t'acheter une tente d'Indien.

— Tu aurais quand même pu me laisser un peu de fric au lieu de ratiboiser mon compte. C'est dégueulasse ! éructe Alfonse.

— Ce qui est dégueulasse, c'est que tu m'as faite cocue. Tu n'as eu que ce que tu mérites. On est quittes, assène Josette.

— Si tu ne me rends pas mon fric, je ne signerai pas les papiers du divorce, la menace Alfonse.

— Très bien. Désormais tu causeras avec mon avocat. De toute façon, j'aurai gain de cause vu que t'es un pervers.

J'ai gardé la lettre, susurre-t-elle. Et comme en plus t'as pas de toit au-dessus de ta tête, t'auras pas les gosses. Donc, j'ai besoin de ce pognon.

— T'as qu'à demander à ton Roger puisqu'il est blindé, lui !

— Ce ne sont pas ses enfants, même s'il les considère comme les siens. Et il n'a pas à en supporter les frais.

— Ils n'ont qu'à bosser. Moi, à leur âge...

— Je sais, je connais la rengaine. Mais t'auras pas ton pognon, décrète Josette.

— Alors tu me rends au moins ma bagnole.

— Ta quoi ?

— Ben ma caisse...

— Je l'ai revendue.

— Hein ? hurle Alfonse. T'as pas fait ça ?

— Si. Je n'allais quand même pas me balader avec la voiture de *Pif gadget* ! De quoi j'aurais eu l'air ?

Alors là, Alfonse n'en revient pas. Son bijou, son diamant, son chef-d'œuvre !

— Tu sais quoi ? T'es qu'une salope, une pourriture, une mangue religieuse, une...

Clac !

Elle a raccroché, la guenon !

Alfonse est anéanti. Plus de femme, plus de pognon, plus de gosses, et plus de bagnole !

Il ne lui reste plus qu'une solution...

52

— Vous m'avez sauvé la vie ! reconnaît de Vogel en regardant l'autre demeuré de Biloute allongé sur le sol, complètement sonné.

La vieille le toise d'un air triomphant.

— J'assure encore pour mon âge, hein ?

— Ça en a l'air !

— Mon crétin de mari disait que j'assurais pire qu'une pompe à purin.

— Un poète !

— De son vivant, j'sais pas, mais là, c'est sûr qu'il est rongé par les vers.

— Pourquoi vous m'avez défendu ? s'étonne de Vogel. Je pensais que ce gros lard était votre ami !

— J'ai pas d'amis et j'en veux pas. C'est que des misères. Je me contente d'oiseaux de passage, je les plume, et après je les renvoie dans leur cage.

— Message reçu.

— Oh, vous, c'est différent. Vous me plaisez bien. Vous êtes racé et élégant. Ça me change de ce boudin-purée, et aussi de ce bâtard d'Alfonse, avec sa casquette Eddy Merckx. Lui, il est resté au stade du Maillot jaune. Dior, y connaît pas.

— Bon, allez, faut qu'on se tire avant que le gros tas se éveille, conseille de Vogel.

— Quoi, vous pensez partir et le laisser ici, comme ça ?

— Oui, pourquoi ?

— Mais vous êtes complètement inconscient, vous ! Dès qu'il reviendra à lui il va remuer tous les palaces de la planète pour nous retrouver. N'oubliez pas qu'on va se casser avec sa part de pognon et que c'est pas un ange, ce type-là !

— C'est vrai, admet de Vogel. C'est un assassin...

— Et dès qu'il nous aura retrouvés, il fera du *kip kap* [1] avec nos os !

— Pas si on va se cacher au bout de la terre.

— Si. Où qu'on aille il nous retrouvera. Ces gens-là ont des copains partout. Comment vous croyez qu'il se soit évadé, hein ? raille la mémé.

— Vous avez raison. Qu'est-ce qu'on va faire ?

— Qu'est-ce que *vous* allez faire ! Moi, j'suis une faible femme. Vous allez le mettre dans le coffre de la bagnole et le transporter où vous voulez. Puis vous l'enterrerez après l'avoir tué. Voilà. C'est simple.

— Mais vous êtes complètement folle ! s'époumone de Vogel. Je ne suis pas un assassin, moi, et...

— Non, c'est vrai. Vous êtes un dégonflé. Ah, je suis déçue ! Moi qui croyais enfin avoir affaire à un homme, un vrai. C'est pas Rambo, c'est Oui-Oui à la mer.

De Vogel est soufflé par le culot de la vieille. Jamais, au grand jamais, il ne porterait atteinte à la vie d'un de ses semblables. C'est contre ses principes et sa religion. Mais en même temps, c'est la Calamity Jane qui a le billet de loto...

---

1. Spécialité belge de charcuterie.

— Bon, dit la mémé, je vois bien que cette affaire vous pose un problème moral, et c'est tout à votre honneur. Cependant réfléchissez… En débarrassant la planète de cet olibrius qui a du sang sur les mains et même ailleurs, vous faites une bonne action. D'une part vous vengez tous ces pauvres innocents qu'il a zigouillés, d'autre part vous permettez à la société de réaliser de sérieuses économies. Pasque entretenir des zigues de son acabit en prison, ça coûte bonbon ! Et qui c'est qui raque pour ces enfoirés ? C'est nous.

— Oui, vous avez raison, admet de Vogel. Je vais le faire disparaître.

Sourire radieux de mémé Cornemuse qui est arrivée à ses fins. Comme toujours. *J'aurais dû être politicienne. Je suis convaincante et je mens comme une arracheuse de dents !*

Elle s'assied sur le lit et regarde de Vogel qui enroule l'andouille dans le tapis et le traîne jusqu'à la porte d'entrée. Là, il stoppe net.

— Désolé, mais il faut que je ferme la porte à clef. Je ne voudrais pas que vous tentiez de vous échapper pour aller à la banque sans moi.

— Je vois que la confiance règne. C'est parce que je suis une femme, c'est ça ?

— Non.

— Si. Sexiste !

— Écoutez, je pars du principe qu'il ne faut faire confiance à personne. Voilà.

Il sort en traînant le corps de Biloute et ferme la porte à double tour. Il est tôt. Dans ce coin reculé et un peu en retrait de la ville, il ne risque pas de rencontrer du monde. Mémé Cornemuse l'observe par la fenêtre. Il ouvre le coffre de la voiture, et hop, y enfourne le tapis fourré à la sauce Biloute. *Au revoir, connard !*

Une fois l'autre truffe parti avec la bagnole, mémé Cornemuse s'assied sur le lit et réfléchit. *On est au premier étage. À un kilomètre ou deux de Blankenberge. Y croit quoi, le gominé ? Que je vais l'attendre en faisant du tricot ? Hin, hin...* La vieille tire de toutes ses forces sur l'espagnolette. Elle est coincée. *Pour ça qu'il est parti tranquille, le de Vogel de mes berdouilles. Sait pas à qui il a affaire cet enfoiré !*

Elle balaye la pièce du regard et repère une potiche en marbre. *Vlan !* Elle la lance dans le carreau qui vole en éclats. Puis elle prend sa sacoche avec le précieux billet dedans et se glisse de l'autre côté de la fenêtre en s'agrippant sur le rebord. *Oups ! Trop haut pour sauter ! Je risque de me casser une patte...* Elle tente alors d'agripper la corniche qui descend le long du mur, mais elle tombe dans le vide...

53

La mer est tourmentée. Le gris du ciel s'y noie et arrache un peu de poésie à ceux qui ont le cœur en miettes. Des petits bateaux en papier voguent sur les rêves perdus des enfants qui ont grandi trop vite. Les vagues sont les bras de Dieu, s'il existe. Elles enlacent tout le monde, les beaux comme les moches, les pourris et les gens bien, les jeunes, les vieux, les merdeux et ceux qui n'ont jamais été touchés par les étoiles. Ceux des palaces et ceux des poubelles. Les tueurs et les grands seigneurs. Dans l'eau, t'es plus qu'un lambeau d'âme qui flotte entre le ciel et la terre, là où toutes tes misères vont se cacher au fond d'un coquillage. La marée emporte les dernières paroles de Brel loin de la plage déserte, « avec infiniment de brumes à venir... ». Tandis que, du côté d'Ostende, on peut, si on tend bien l'oreille, entendre chanter Arno avec ses mots si vrais, si forts et si délicieusement déglingués. Parce qu'il y a aussi des anges chez les Flamands. Faut pas l'oublier ! *Zonder liefde, warme liefde, lacht de duivel, de zwarte duivel ; brandt mijn hart, mijn oude hart... Ay Marieke, Marieke*[1] ! Brel aurait aimé ces gens-là. Les rois du camping-car, les

---

1. Sans amour, amour chaleureux, le diable rit, le diable noir ; mon cœur s'enflamme, mon vieux cœur... Ah, Marie, Marie ! *Marieke*, Jacques Brel.

beaufs à casquette Jupiler vautrés dans la merditude des choses. Les Alfonse, Josette et compagnie qui causent comme des charretiers et se lancent des gros mots à la gueule. Parce que la vraie obscénité n'est pas dans le vocabulaire. Elle est dans la violence gratuite. Dans ces trous-du-cul qui nous font gober n'importe quoi pour s'en mettre plein les poches. Dans ce putain de monde où tout part en couilles, où les riches se pavanent sur leur tas de pognon sans même jeter un regard à ceux qui crèvent la dalle. La grossièreté, c'est pas de causer comme un pilier de comptoir, mais c'est avoir un langage châtié et de foutre la planète en l'air en remplissant des piscines alors que des mômes meurent de soif.

Debout tout seul devant la mer, Alfonse pense à la vie. À sa vie. À tout ça, avec ses mots à lui. Sa putain d'existence où il n'a même pas été capable de rendre les siens heureux. Ah, ça, il était fier de lui. Tu penses ! Le roi de la boulette sauce lapin ! C'est quelque chose... Au moins, grâce à ça sa famille n'a jamais manqué de rien. Et c'est pas si mal. A-t-il été heureux ? *Ouais. Des fois. Surtout quand je m'échappais de ma vie.* Et ses gosses, qu'est-ce qu'il y a compris ? *Rien. J'ai rien pigé. C'est sûr que j'les aurais aimés plus si j'avais été fier d'eux. Toute façon, j'peux m'en aller. Même s'ils m'ont écrit qu'ils m'aiment, pas sûr qu'ils auront envie de venir voir un paumé. Ils finiront par m'oublier. Ma femme, qui n'est plus la mienne depuis longtemps, sera contente d'être débarrassée de son boulet. Elle va pouvoir recommencer la même vie qu'avant, avec un pignouf aussi con que moi mais qui en jette un peu plus. Un qui a du persil derrière la cravate. À défaut de l'avoir dans le nez. Et la vieille, elle va se flanquer une biture pour fêter ça ! Elle, c'est le diable. Elle a le cœur rongé par les flammes. Et le feu au cul. J'espère seulement qu'elle viendra pas me faire chier en enfer.*

Et il avance sans se retourner. Il marche dans la mer, lentement, jusqu'à ce qu'elle lui lèche le visage. Ça lui rappelle ce petit chien qu'il avait tant aimé. Et que son père a tué à coups de pierres, un soir où il est rentré beurré. Il ferme les yeux et prie le ciel qu'il y ait un dieu, un vrai qui aime tous ses enfants, toutes les créatures de la terre, les pochetrons comme les sauveurs de l'humanité. Et qu'il retrouve son petit chien. Le seul qu'il a envie de revoir de l'autre côté de la nuit.

54

C'est drôle d'être cloué au sol et de voir les nuages qui se courent après ! *Quelle imbécile je suis ! J'veux pas mourir maintenant. Faut pas mourir pauvre, t'as personne pour suivre ton cercueil.*

Mémé Cornemuse est sonnée, mais elle n'a mal nulle part. Vue d'en haut, par exemple à travers le regard d'une mouche qui passe, elle a l'air d'un chiffon oublié par terre. Elle tente de bouger. Doucement, tout doucement. *Aïe !* Mais y arrive ! Miracle, les vieilles carnes sont les plus indestructibles ! On dirait que passer son existence à faire chier son monde ça augmente l'espérance de vie. Elle se relève. Lentement mais sûrement. S'époussette un tantinet, et hop, la bête repart sur sa monture. À dada ! Dans sa chute, elle n'a pas lâché sa sacoche...

Sur la côte belge, c'est jamais le cagnard. Tu peux te balader sans risquer une insolation. Et elle trottine, la mémé. Fait penser à Prudence Petitpas. Dans une demi-heure, elle devrait être à la banque. *Hé, hé... À moi les soussous dans la popoche ! Je veux les mêmes chapeaux que la reine d'Angleterre et les sacs à main de Carla Bruni. Me ferai faire un lifting et des implants pour avoir la chevelure d'Yvette Horner. J'veux être rousse flamboyante. Pour faire cramer les cœurs et chauffer les fonds de culotte. J'vais t'en jouer, moi, de l'accordéon ! Du bal musette, y en aura tous les soirs dans mon plumard.*

Elle entre dans la banque. À cette heure, y a pas foule. Tant mieux. Elle déteste attendre. Comme tous les vieux. Parce qu'elle a moins le temps que les autres. Elle se présente au guichet et fouille dans sa sacoche pour trouver le billet. Il y est plus ! *C'est pas vrai ! Mais où il est ce putain de billet !* La vieille a des gouttes comme des noisettes qui perlent sur son front. Elle a ses chaleurs. Elle fouille dans sa sacoche, retourne tout sur le comptoir : sa boîte à pilules, ses capsules de bière, un vieux spéculoos, son peigne à trois dents qui lui suffit pour les poils qui lui restent sur le caillou, et ses mouchoirs en papier qu'elle garde même usagés pour pas gaspiller. Parce qu'elle a du respect pour la nature, elle ! Une photo d'elle au temps de sa jeunesse. La seule personne qu'elle ait jamais aimée, c'est elle. On est toujours déçu par les autres un jour ou l'autre. Et si on est déçu par soi-même, on a plus facile à se pardonner. Voilà.

Toujours pas de billet de loto ! Elle est pourtant sûre de l'avoir mis dans sa sacoche. *Et si l'autre trépassé me l'avait piqué ! Oh, non ! Quelle ordure ce mec !*

Dégoûtée, elle remballe ses affaires et dit au costard-cravate qu'elle repassera plus tard. Faut qu'elle se retape la route jusqu'à l'appart de Vogel et qu'elle l'attende là. Y a que lui qui sait où est le cadavre de Biloute. Qu'est-ce qu'elle va pouvoir lui raconter pour justifier le carreau cassé ? Elle ne se voit pas remonter par la corniche. Faudra qu'elle l'attende dehors et qu'elle lui invente un solide bobard. Pour sûr, il va être ravi quand il va apprendre qu'il doit déterrer le champion. Bah, ça lui fera des muscles.

55

Faut pas qu'on le trouve, ce cave ! Tout en conduisant, De Vogel réfléchit. Il va l'achever à coups de cric. Il en a repéré un dans le coffre de la Mercedes en planquant l'assassin dedans. *Est-ce que tuer un assassin c'est commettre un crime ?* Il veut se persuader que non. Qu'au contraire, il pourrait même avoir droit à une médaille pour service rendu à la patrie. En fait, c'est ça : c'est un héros ! C'est lui le Batman de Blankenberge, le Superman de la Côte. Il roule vers le Zwin[1]. Là, il y a plein d'endroits déserts. Et des bunkers. D'ici à ce qu'on le déterre, on pensera que c'est un soldat mort au combat. Les os, ça ne cause pas.

Knokke-le-Zoute. Ses buildings et sa place m'as-tu-vu avec les « bogosses » belges. Dream time. Rolex sans Beethoven. Que du vide à passer le temps. Tout le monde n'est pas doué pour la *Neuvième Symphonie.*

Arrivé au Zwin, de Vogel accroche son regard aux ailes des nombreux oiseaux qui vivent là en toute liberté. Bientôt, il s'envolera comme eux vers une autre vie. Il lais sera sa pension miteuse et ses fast-foods à Westende pour aller cueillir les dernières *flowers* de Woodstock. *Peace and love.* Il redeviendra le roi du *dance floor,* le Dubosc du

---

1. Réserve naturelle de plantes et d'oiseaux, près de Knokke.

disco. Et il s'achètera des pompes scintillantes sur Sunset Boulevard. De toute façon, il ne laisse personne derrière lui. Pas de mouflets, pas d'épouse. Plus de mère, la seule femme à qui il tenait. Lui, ce qu'il aime, c'est la frime, la poudre aux yeux et les poupées perchées sur des talons aiguilles. Se poser des questions sur la vie, c'est pas son truc. De toute façon, t'as jamais les réponses. Et si t'en as, elles sont fausses. Alors… Une fois, y a une poule qui lui a pris la tête avec ça. « T'as raison, ducon, vis comme un légume », qu'elle lui a dit. Elle a claqué la porte, et plus tard il a appris qu'elle s'était engagée dans une action humanitaire. C'est bien. Il l'admire. P't'être même qu'un jour il ira la rejoindre. Avant de rêver d'être riche, il voulait devenir « marchand de crèmes à la glace[1] ». Pour se rappeler quand il était petit. Mais les glaces, c'est comme les rêves, ça fond au soleil.

L'autre gigot est toujours racrapoté dans le coffre. Enroulé dans son tapis. Il ne s'est pas envolé. Les Mille et Une Nuits, c'est pour les allumés. Ceux qui croient que les coccinelles ont des bretelles. Les poudrés du ciboulot.

Regard à gauche et à droite, personne à part quelques cigognes et deux flamants roses. De Vogel prend la pelle qu'il a planquée dans le coffre à côté du baltringue, puis commence à creuser. Bien à l'abri derrière un pan de mur ébréché. L'avantage, avec le sable, c'est que c'est pas dur et que ça va vite. Tandis qu'il creuse, il pense à son existence. Elle est à l'image de ce trou. Vide. Soudain, il entend un gémissement. Un oiseau ? Non, ça ne crie pas comme ça… Il se retourne et voit la larve qui tente de s'extirper de son cocon. Le tapis semble se dérouler tout seul. Là-haut, les oiseaux se cachent pour rire…

---

1. Expression belge pour marchand de glaces.

On dirait une crêpe farcie ou un rouleau de printemps. Le tapis s'ouvre sur Pépé la Moquette. Ah, ça, elle l'a bien amoché, la vieille ! Il a une tronche de poisson pané. Avec du sang séché qui lui décore les branchies. Il émet une sorte de râle qui détonne avec les cris harmonieux des bécasses et des échassiers. Et *vlan !* Un coup de pelle sur le crâne pour le faire taire définitivement. Faut pas troubler la quiétude de la nature, c'est moche.

De Vogel préfère les sunlights et les paillettes aux fleurs et aux p'tits zoizeaux. Pas son truc, tout ça. La campagne lui a toujours flanqué le cafard. Et l'odeur du foin coupé le fait gerber. Ça lui rappelle trop la première fois qu'il a culbuté une fille, chez son oncle fermier. Un vieux dur à cuire qui ne voulait pas quitter sa terre natale, son nid de guêpes et sa baratte. Un qui passait ses journées au pékèt allongé d'une mixture à base de plantes. « Les herbes, c'est bon pour la santé. Avec ça tu vis centenaire », qu'il disait. Il est mort à quatre-vingt-deux ans. *Sale menteur !* La fille, elle avait ses règles. De Vogel a cru qu'il lui avait troué le ventre. Savait rien des gonzesses, lui. Il n'avait que quatorze ans. La quéquette baladeuse et la tête pleine de bouquets de fleurs. Pas sa mère qui lui aurait expliqué quoi que ce soit ! Chaque fois qu'il lui demandait pourquoi ceci ou pourquoi cela, elle lui répondait « parce que ». Rien de plus. T'avais qu'à te démerder. Pour ça qu'il a fini par ne plus lui poser de questions. Ni à lui-même.

Le trou est assez profond. De Vogel balance le fardeau avec le tapis dedans et recouvre le tout de sable. *Bon débarras !*

De toute façon, il n'a jamais aimé ce tapis.

56

— Ça va ? Vous arrivez à respirer ?

L'air lui manque. Il suffoque. Il a froid. Grelotte. Il pensait que la mort était pareille à un cocon qui vous enveloppe et vous berce doucement. Là, il est bercé, mais avec violence. Du genre trop près du mur. Si ça continue, il va se réveiller…

— Ho, ça va ?

C'est qui qui lui cause, à Alfonse ? Tout ça ce n'était qu'un rêve. Ou un cauchemar. Ça dépend de la suite. Il est dans le lit de Josette. Ou alors il est au paradis et c'est un ange qui lui parle. Tant que t'ouvres pas les yeux, tu ne vois pas la mort. Il ne sait pas s'il doit les garder fermés ou.. Est-ce qu'il a encore envie de vivre ? Là est la question.

— *Open your eyes, please*[1] *!*

Un ange qui cause anglais ! Ça, il n'y avait pas pensé. Il a toujours cru que tout le monde se comprenait, là-haut. Et que les sourds entendaient les muets. Tu parles d'une arnaque ! *Tout bien pesé, j'veux rester encore un peu sur terre. Au moins, quand tu commandes une bière on te comprend.*

---

1. Ouvrez les yeux, s'il vous plaît.

— Si vous continuez à faire le mort, moi, je balancer vous par-dessus bord, *you understand*[1] ?

C'est qu'il commence à me casser les couilles l'angélus !

— Allez, allez ! *Look at me, baby*[2] !

Qu'est-ce qu'il me veut, l'emplumé ? J'comprends que dalle à c'qu'y dit.

Et *splatch !* Une grande baffe dans la tronche lui fait ouvrir les yeux. Enfin, ce qu'il a pris pour une baffe est en réalité une vague qui est passée par-dessus bord. Parce qu'il ne manquerait plus que ça, que les anges te foutent une tarte !

Alfonse découvre une lune rose penchée au-dessus de son berceau. Et agaga, trilili, fais risette mon petit... T'es pas au paradis, t'es juste sur la mer. Dans une barque de touriste qui prend l'eau. Avec une grosse nénette couleur jambonneau qui se remet à ramer comme une forcenée vers les lointains rivages parsemés de canettes de coca. *Z'étaient chouettes / Les filles du bord de mer...* Adamo, faut croire que t'y es jamais allé, à la mer. Ou alors pas à celle du Nord. Il est vrai que t'es italien. Là-bas, sur la baie de Napoli, t'as dû voir des pin-up danser sur le Vésuve.

La fille qui le ramène sur terre est si grosse qu'Alfonse se demande comment la barque ne se retourne pas. Elle a un maillot à rayures qui la boudine. On dirait un gros berlingot. Et elle s'en fout. Ça le change de Josette, tout en vernis à ongles et chichis poum-poum-pidou. Elle a un beau sourire, la baleine. Alfonse a toujours aimé les monstres marins. Sont plus rigolos que les sirènes.

---

1. Vous comprenez ?
2. Regarde-moi, bébé !

57

Mémé Cornemuse se dépêche. Elle marche d'un bon pas. Enfin, elle fait ce qu'elle peut. Elle a mal aux reins. Saloperie de chute ! Faut qu'elle soit là avant cet abruti de Vogel. Pas qu'il la soupçonne d'avoir voulu se tailler, sinon il risque de la zigouiller elle aussi, et d'aller chercher le billet de loto tout seul sur le macchabée. Faut toujours se méfier des gominés. Sont capables de tout, ces gens-là. Ça se plaque les cheveux pour se coller des secrets à l'intérieur de la tête. Pignouf !

Elle est à peine assise sur le petit muret qui jouxte la villa servant de garçonnière au gominé qu'elle entend un bruit de moteur. De Vogel déboule dans le parking et s'arrête net en voyant la mémé. *Qu'est-ce qu'elle fout dehors, celle-là ?* Il sort précipitamment de la bagnole sans prendre le temps de la garer. Marche sur des morceaux de verre brisé.

— Qu'est-ce qui se passe ? grogne-t-il.

— Rien, pourquoi ?

— Vous faites quoi, là ? Et mon carreau ? Qu'est-ce qui est arrivé à mon carreau, hein ?

— Fallait pas m'enfermer. J'suis claustro. Je supporte pas. J'vous l'ai dit !

— Vous avez essayé de vous enfuir, c'est ça ?

— Moi ? Pas du tout ! D'ailleurs, si j'avais voulu je serais partie. Réfléchissez un peu… Faites marcher votre demi-neurone, Averell.

— Ah, ça va ! M'insultez pas en plus ! Je viens de me taper un boulot de malade avec du vent dans la tronche et du sable dans les yeux, pire que dans Fort Boyard. C'est pas le moment de me casser les couilles, compris ? On embarque et on file à la banque.

Pas contrariante, mémé Cornemuse monte à bord de la voiture. Et roule ma poule ! Sauf que pour la poule aux œufs d'or, c'est pas gagné. Avant de pondre, faudra encore creuser…

— Vous l'avez, le billet ? s'assure de Vogel.

— Quel billet ?

— Ben, le billet de loto, tiens ! Pas le billet de tram !

— Non…

Crissement de pneus. De Vogel vient de freiner sec. Il regarde la vieille avec un lance-flammes.

— Vous vous fichez de moi ?

— Non, pourquoi ? susurre-t-elle en prenant une voix de petite fille. Avec les mecs, ça marche toujours, quel que soit leur âge. Ça les attendrit. Sauf les gominés.

De Vogel se rue sur Shirley Temple pour l'etrangler.

— Si… vous me tordez le cou, vous… saurez pas où est le billet.

Il relâche son étreinte. Bon, c'est pas un bœuf ! Il a de la considération pour le troisième âge.

— Et il est où, ce satané billet ?

— Dans la poche de Biloute.

— Hein ? Vous plaisantez j'espère !

— Non.

— Et pourquoi vous ne me l'avez pas dit avant, hein, espèce de vieille bique ? hurle de Vogel.

— Parce qu'à mon âge, on a des problèmes de mémoire. Voilà. Puis faut pas crier comme ça, vous allez faire une crise d'apoplexie.

— Non, je ne risque pas une crise d'apoplexie, mais je risque vraiment de vous étrangler cette fois !

— Je suis allée poster une lettre à ma fille au cas où il m'arriverait quelque chose. Je lui ai dit de prévenir les flics et de leur donner une enveloppe que j'ai jointe à mon courrier, assure la vieille.

— Et y a quoi dans cette enveloppe ?

— Un film avec des photos de vous en train d'embarquer le gros dans le tapis.

— Vous bluffez.

— Non. Je les ai prises d'en haut, là, avec mon appareil jetable, affirme mémé Cornemuse. Celui que j'ai acheté pour mes photos de vacances et que j'ai toujours dans ma sacoche. C'est du Kodak. Les couleurs sont fidèles.

— Bon… Je vois que je n'ai pas le choix.

— Non.

À l'idée de devoir déterrer le mort, de Vogel a des relents d'acidité. Son estomac joue des claquettes sur son foie. Et ses amygdales font des castagnettes. Olé, Yolanda ! *¿ Que pasa ?*

Ce qui lui noue surtout les tripes, c'est pas tellement de revoir la gueule de l'autre zombie, mais la peur de ne pas retrouver l'endroit exact où il l'a planqué. Et avec le vent qu'il y a, c'est pas gagné !

58

Miss Piggy chouchoute son naufragé. Alfonse se laisse dorloter. Il n'a pas l'habitude. Même si elle ne lui foutait pas de tartes dans la gueule quand il était petit, sa mère ne l'a jamais pris dans ses bras. Pourtant, elle l'aimait. Mais elle ne savait pas le montrer. Sauf la fois où elle lui a offert un camion de pompiers. C'était le jour de ses dix ans.

Alfonse aurait tout donné pour que sa mère le serre dans ses bras. Une fois, ne serait-ce qu'une seule fois… Mais même quand elle savait qu'elle allait mourir, elle ne l'a pas fait. Elle lui a juste dit pour le camion de pompiers. Qu'elle avait fait des passes pour lui payer. Histoire de soulager sa conscience. Il aurait préféré qu'elle se taise. Mais les femmes, ça cause toujours trop. À son enterrement, il a flanqué son vieux jouet dans une benne à ordures. Si elle l'avait pris une fois dans ses bras, peut-être que sa vie aurait été différente. Il aurait eu confiance en lui et aurait étudié à l'école. On le mettait toujours au fond de la classe et il n'écoutait pas parce que « ça sert à rien quand on est bête ». Il aurait pu être manager, présentateur sportif ou entraîneur, autre chose que marchand de boulettes, et croire à l'amour. Ou alors, ça n'aurait rien changé. Parce que la nature, c'est comme les mauvaises herbes. Ça pousse, quoi que tu fasses.

Elle est douce, la gonzesse. Elle lui sourit. Il la trouve belle avec ses joues de bébé et ses yeux caramel. Il ne sait pas encore s'il doit la remercier de l'avoir sauvé ou s'il doit l'engueuler. De quel droit elle a contrarié ses désirs d'en finir ?

Elle lui dit qu'elle vient d'Angleterre. Il n'y est jamais allé. A juste vu Londres dans des feuilletons à la télé. D'ailleurs, il n'est jamais sorti de Belgique. Pour lui, les vacances, c'est à la mer du Nord. Sa mer à lui. Avec ses transats, ses petites cabines colorées, ses fleurs en papier crépon, et ses babeluttes[1]. Celle dans laquelle il a voulu mourir. Celle qui lui a redonné la vie.

Il murmure « merci » à la fille rose comme un bonbon sucré.

---

1. Caramels longs aromatisés au miel ou à la cassonade.

59

Des trous, des p'tits trous, toujours des p'tits trous… De Vogel creuse. Il espère que c'est bien à cet endroit et pas un mètre plus loin. Le sable a déjà séché avec le soleil. Il creuse encore et encore, et là, *tac !* sa pelle heurte quelque chose. La godasse de Biloute.

— Ça y est ! annonce-t-il triomphant à la vieille qui, assise sur la capot de la bagnole, ne perd pas une pelletée.

— Bon, faut fouiller dans ses poches. C'est sûrement là qu'il l'a planqué.

Le gros a du sable plein la tronche et dans les narines. Il ressemble à une statue. De Vogel évite de trop le regarder et fouille dans la poche gauche. Rien. Dans la droite il ne trouve qu'un vieux mouchoir.

— Y a rien ! fait de Vogel, dépité.

— Faut aussi regarder dans les poches de sa chemise.

— Ah oui, c'est vrai !

— Heureusement que je pense à tout…, lâche la vieille avec panache.

De Vogel ne relève pas. Il fouille dans les autres poches. N'y trouve que des broutilles. Mais pas de billet de loto !

— C'est pas possible, éructe-t-il. Mais où est ce satané de billet de…

— Oh ! s'écrie mémé Cornemuse.

— Qu'est-ce qu'il y a ?

— Ça y est ! Je sais où il est !

— Dites, c'est un jeu de piste, ou quoi ? Vous savez que vous commencez sérieusement à me courir sur le haricot, vous ?

— J'y peux rien si j'ai la mémoire qui flanche.

Et elle se met à chanter en imitant Jeanne Moreau : *J'ai la mémoire qui flancheu, / J'me souviens plus très bien... Tralala lalèreu...*

— Mais je vais vous flanquer dans le trou avec l'autre tête de nœud ! J'en peux plus, moi !

— On se calme, on se calme...

— Alors il est où, ce billet de mes deux, hein ?

— Dans ma caravane.

— Quoi ???

— Ben oui, je viens juste de m'en souvenir. C'est quand j'ai été rechercher ma boule, je l'ai déposé près de la cafetière.

— C'est une blague ?

— Non, j'ai pas d'humour, assure la vieille. Bon, ben y a plus qu'à reboucher le trou, maintenant...

De Vogel entend le cri des mouettes. On dirait qu'elles se fichent de sa tronche. En lançant chaque pelletée sur l'enflure, c'est à la vieille qu'il pense. Il s'imagine l'enterrer avec son pourri et ça lui donne du cœur à l'ouvrage.

60

Le tenancier des Mouettes rieuses est soucieux. Son patron devait venir ce vendredi, comme toutes les semaines. Il a essayé plusieurs fois de l'appeler, en vain ! Il a fini par avertir la police. Il est de très mauvais poil. D'abord, il déteste que son établissement soit envahi par des flics, c'est pas bon pour sa réputation, et, comble de malchance, son client à la Mercedes est parti l'avant-veille, en pleine nuit, sans payer sa note, ainsi que cette famille de demeurés et leur vieille tarte. Il ne s'est même pas méfié et n'a pas noté les numéros des plaques. Qu'importe, elles sont sûrement fausses… Le gros n'est pas à prendre avec des pincettes, ce matin ! Sa femme le sait et se terre dans la cuisine.

C'est en regardant la poubelle à roulettes par la fenêtre tout en ruminant sa rancœur qu'il a soudain un éclair d'intelligence, comme ça lui arrive tous les dix ans.

Si ça se trouve, la famille de blaireaux s'est barrée en nous laissant la relique ! J'l'ai pas vue partir après tout. Soit elle est blindée de tunes et elle va raquer, soit elle n'a pas un clou pour se gratter les hémorroïdes et dans ce cas, si les gogols ne payent pas ce qu'ils me doivent, je vais les menacer de les dénoncer à la police pour abandon de vieux sur la voie publique. Savent pas à qui ils ont affaire, ces enculés !

229

D'un pas lourd mais décidé, le tenancier se dirige vers la caravane. À sa grande surprise, il trouve la porte défoncée et il n'y a personne à l'intérieur ! Il examine les lieux afin de découvrir un indice, une piste qui lui permette de les retrouver… Car, bien entendu, la première chose qu'il a faite c'est de vérifier si la caravane avait une plaque d'immatriculation. Penses-tu ! À la place de la plaque, y a juste un autocollant « Viva Belgica ». Le baraqué farfouille partout, puis il s'assied sur la banquette pour réfléchir, car on pense toujours mieux assis que debout. Preuve en est que les grandes idées ont souvent germé lorsque les penseurs étaient aux toilettes.

Et là, *crac* ! Avec ses cent vingt-deux kilos, la banquette cède et il se retrouve le cul coincé dans le caisson. Il finit par s'en extirper au bout d'un quart d'heure à force d'ahanements. Et c'est là qu'il découvre des taches de sang séché ! *Cré milliard, ils ont zigouillé la vieille !* D'ici à ce qu'il y ait une enquête et que les flics le soupçonnent, puisque la caravane est sur son terrain, y a pas des kilomètres ! Faut qu'il se débarrasse illico de cette merde.

61

Lorsque mémé Cornemuse et de Vogel arrivent aux Mouettes rieuses, ils ne rient plus du tout ! La caravane a disparu ! Pfuit, envolée !

— C'est pas possible, marmonne la vieille.

— Je crois que cette fois, je vais vous tuer. Ça me démange !

— Allez d'abord voir chez le taulier pour savoir si mon connard de beau-fils n'est pas venu la récupérer. Bien du genre à ne pas attendre que je clamse pour toucher son héritage, celui-là.

De Vogel fonce à l'intérieur de la pension, suivi de la vieille qui ne lâche pas sa sacoche, ni son cabas avec sa boule de cristal. Le tenancier a l'air surpris et soulagé de voir débouler son patron.

— J'croyais qu'il vous était arrivé quelque chose. J'étais inquiet et…

En voyant la mémé, il a un choc et ne trouve plus ses mots.

— Oh, ça va ? s'inquiète de Vogel qui en a marre de creuser des trous pour enterrer et déterrer les morts.

— Heu… J'croyais que la v… que Madame était morte !

— Ah, ben non, même que j'suis en pleine forme ! D'ailleurs, tâte-moi le bonheur, fait-elle en lui prenant la paluche pour la poser sur sa mamelle gauche. Pouët ! Pouët !

— Dites, ça va avec vos conneries, la réprimande de Vogel. Madame est venue rechercher sa caravane. Vous savez où elle est ?

— Oui. À Zeebrugge. Comme elle encombrait le terrain, j'ai pensé que ça serait mieux de l'envoyer à la casse. Alors j'ai appelé mon copain Émile, qu'est démolisseur, et...

— Vous avez fait ça quand ? s'énerve de Vogel.

— Ben... ce matin.

— On y va ! hurle de Vogel.

— J'pensais bien faire, s'excuse le gros.

— Je ne vous paie pas pour penser, assène de Vogel. Mais pour tenir la pension et gérer les cafards qui y sont plus nombreux que les clients. Allez, venez avec nous pour nous montrer le chemin. Et priez pour que votre copain n'ait pas encore démoli la caravane, sinon je vous envoie sucrer les cuberdons[1].

De Vogel est furax. Il monte dans sa bagnole, met les gaz à fond et démarre sur des chapeaux de roues. Fangio doublé de Jacky Ickx. À l'arrière, le gros se cramponne à sa ceinture de sécurité. Une fois à Zeebrugge, ils foncent chez le démolisseur qui leur annonce :

— Si fait, la caravane est bien là. Vous voulez la voir ?

En face d'eux, un tas de ferraille. Une œuvre compressée de César version roulotte. Du solide, du compact. Un truc que tu peux mettre dans ta valise. Pratique pour les vacances !

---

1. Bonbons rouges, coniques, à base de sucre et de sirop, surnommés aussi « chapeaux de curé ».

Épilogue

Josette a refait sa vie avec Roger qui a repris le bistrot de son père, en face de la gare. De temps en temps, elle lui donne un coup de main et regarde passer les trains. Elle rêve qu'elle part en voyage. Bien loin, sur une plage ensoleillée avec palmiers et cocotiers, dans un maillot fashion rose fuchsia pour booster son look vintage, sirotant des cocktails exotiques. *Rumba tcha tcha tcha*... Elle se voit gambader dans les vagues de la grande bleue, *smart so smart*, attirant tous les regards. Sur un yacht, des mâles bronzés lui font signe de venir les rejoindre. Elle nage et manque de se noyer. Alors, un maître nageur baraqué comme Steven Seagal vient la sauver.

— Zette ! Deux gueuzes lambic pour P'tit Louis, s'te plaît.

Les plus beaux rêves sont souvent de courte durée. La plage s'est transformée en salle de café et Josette nage au fond du comptoir. Seagal s'est métamorphosé en péquenot avec tablier à carreaux. Josette est passée des boulettes à la gueuze lambic. Mais, à la différence d'Alfonse, le Roger ne porte pas de casquette Eddy Merckx. C'est déjà ça...

Quant à Lourdes et Steven, ils ont réservé une surprise à leur père... Ils ont fini le montage de leur film qu'ils ont intitulé : *Laissez-moi manger mes boulettes, tout nu sur la plage.* Puis ils l'ont balancé sur le Net et ça a fait un carton ! Si bien qu'un producteur a décidé de produire leur prochain clip. Les ados sont fiers de montrer à leur père que les glandeurs ne sont pas toujours des perdants. Qu'on peut être nul pour plein de choses dans la vie, mais que quand on fait ce qu'on aime, on peut aussi crever le plafond !

Alfonse, lui, vit une petite vie tranquille au bord de l'eau avec celle qui lui a sauvé la vie. Elle le dorlote et lui donne toute la tendresse qui lui a tant manqué dans son enfance. En passant devant le bazar Sainte-Rita, à Coq-sur-Mer, il a vu un camion de pompiers et se l'est acheté. Et quand y a plus personne sur la plage, tard le soir, il va se balader et jouer dans les dunes avec son beau camion. Il rêve qu'il est un héros et qu'il sauve les gens prisonniers des châteaux de sable en flammes.

La mémé donne de temps en temps de ses nouvelles et appelle pour leur dire où elle est. Elle leur a fait gober qu'elle avait gagné au loto et qu'elle passait désormais son temps à voyager dans des pays fabuleux, couchant dans des palaces avec des Écossais. Que quand elle serait morte, ils auraient son héritage. Hier, elle était à Acapulco avec un milliardaire qui la draguait, qu'elle a dit à sa fille alors qu'elle n'a jamais quitté la mer du Nord. Et Josette va voir sur Internet comment c'est là-bas. Elle imagine sa mère en paréo sur la *playa* en train de siroter un divin cocktail. Elle a souvent envie d'aller la rejoindre, mais c'est pas possible parce que la vieille bouge tout le temps. Y a deux jours, elle était dans le désert à dos de chameau avec Omar Sharif, qu'elle a raconté. Josette est épatée parce que sa mère a beaucoup d'amis.

Si vous allez un jour vous promener du côté de Blanken-berge, avec un peu de chance vous pourrez apercevoir mémé Cornemuse. La journée, elle fait la manche dans la rue principale en chantant le répertoire d'Annie Cordy. Et à la tombée de la nuit, elle va s'asseoir au bout du brise-lames avec sa sacoche et sa boule de cristal pour regarder le coucher de soleil et les bateaux qui l'emmènent vers de fabuleux voyages. Sans doute pareils à ceux de sa fille. Parce qu'on peut se louper dans la vie et se retrouver dans les mêmes rêves. Après, elle rentre dans sa chaumière, une petite baraque perdue dans les dunes qu'elle squatte quand il n'y a personne. Y a longtemps qu'elle ne voit plus rien dans sa boule. Mais elle la garde, comme si elle contenait tous ses souvenirs. Il lui suffit de la caresser pour revoir des tas de choses. Bizarrement, sa mémoire s'arrête juste avant ses vacances aux Mouettes rieuses, devenu un centre de thalassothérapie pour prout-ma-chère où on te fait payer la peau du cul des soins hydratants énergisants qui font le même effet que boire une bonne gueuze. Après, c'est le brouillard. Et, bien souvent, mémé Cornemuse se demande à qui appartient cette main au fond de sa sacoche...

Hello, le soleil brille, brille, brille !
Hello, siffle d'un cœur joyeux
Là-bas la vie entière
Dans ta chaumière
Tu vivras heureux.

Post mortem : Biloute n'aura pas eu le temps avant sa mort de visionner le film que les ados lui ont laissé inten-tionnellement. Dommage ! Il aurait découvert un long

plan-séquence de leurs fesses, sur l'air de *La Traviata* !
La bonne nouvelle pour lui est qu'il a enfin pris des
vacances à perpète... Et qu'en enfer, il doit faire chaud.
Très chaud !

Remerciements

Je remercie de tout mon cœur mon mec, qui est toujours mon plus bel ange gardien, mon éditrice Geneviève Perrin et toute l'équipe de Belfond, Gérard C., qui se reconnaîtra, pour son immense soutien, mon agent Patrick Leimgruber, mes fils, mes parents, mes amis, et mes deux petits chiens : Cannelle, qui sourit, et mon coquin de p'tit Léon, un « clebstomane » qui pique les biffetons dans les poches de mes invités.

Enfin, je dédie aussi cette histoire à mon petit chien Émile avec qui j'ai partagé seize ans d'amour et qui est parti pour des vacances éternelles le jour où j'ai terminé ce livre.

Belgique, le 2 novembre 2010

Cet ouvrage a été imprimé en France par

BUSSIÈRE

à Saint-Amand-Montrond (Cher)
en avril 2011

Composition et mise en pages : FACOMPO, LISIEUX

N° d'édition : 5002/04 – N° d'impression : 111220/1
Dépôt légal : février 2011